열둘교회 이야기

열둘교회 이야기

발행일   2015년 7월 16일

지은이   김 훈
펴낸이   손 형 국
펴낸곳   (주)북랩
편집인   선일영   편집   서대종, 이소현, 이은지
디자인   이현수, 윤미리내, 임혜수   제작   박기성, 황동현, 구성우, 이탄석
마케팅   김회란, 박진관, 이희정, 김아름
출판등록 2004. 12. 1(제2012-000051호)
주소   서울시 금천구 가산디지털 1로 168, 우림라이온스밸리 B동 B113, 114호
홈페이지 www.book.co.kr
전화번호 (02)2026-5777   팩스   (02)2026-5747

ISBN   979-11-5585-671-0 03810 (종이책) 979-11-5585-672-7 05810 (전자책)

이 도서의 국립중앙도서관 출판예정도서목록(CIP)은 서지정보유통지원시스템 홈페이지(http://seoji.nl.go.kr)와
국가자료공동목록시스템(http://www.nl.go.kr/kolisnet)에서 이용하실 수 있습니다.
(CIP제어번호 : CIP2015018704)

김훈 실화소설

열둘
교회
이야기

프롤로그

　이 책은 불안과 초조 그리고 두려움 속에서 살아가는 현대인들에게 약간의 활력을 주는 책일 것입니다.
　세상의 가장 낮고 험한 곳, 철창 안에서의 삶을 통해 저자가 말하고자 하는 것은

　　첫째, 신앙의 힘으로 어떠한 어려움도 견뎌낼 수 있는 힘을 누구나 가질 수 있고
　　둘째, 현실을 도피하거나 두려워 말고 부딪히다 보면 돌파구가 반드시 생긴다는 것이고
　　셋째, 설혹 저자 같이 극한 상황에 가게 될 상황에 놓이게 되더라도 담대하게 살라는 것입니다.

　세상에 출구는 반드시 있습니다. 사방이 막혀 있으면 하늘을 뚫려 있다는 것을 생각하십시오. 벼랑 끝에서 떨어지더라도 두려워 마십시오. 당신에게는 날개가 있습니다.

2015년 1월 24일, 밤 9시 반….

이제 두 시간만 있으면 이 높은 담벼락을 넘어 자유의 몸이 된다. 만기출소! 단 하루도 가석방 혜택을 못 보고 간다. 일명 또박이! 2년을 꼬박 채웠다.

무엇이 변했을까? 적응은 할 수 있을까? 요 며칠 정말 잠을 못 잤다. 새벽에 깨어 줄곧 뜬눈으로 밤을 지새웠다. 두려움 반 설렘 반. 2년의 공백이 두려움으로 다가왔다. 이 담장 밖으로 나가면 이 밤 12시에 아내와 아이들이 데리러 온다고 한다. 솔직히 실감이 나지 않는다. 그렇게 가고 싶었던 집….

'이곳이 과연 생각이 날까? 만기출소 하는 기분이 이런 것인가?' 등 여러 생각에 기분이 싱숭생숭했다. 같은 방에 있는 3명도 나 때문에 잠을 못 자고 다들 뜬눈으로 앉아있다. 우리 방 말고 다른 방은 다들 잠이 들어 고요하다. 우리 방도 숨소리만 들릴 뿐이다. 나가는 자의 마음과 보내는 자의 마음이 말없이 교차하는 순간이다.

나를 배웅해 주려고 잠을 자지 않고 있는 그들이 고맙다. 하지만 두고 가는 그들을 생각하니 왠지 차라리 그들이 자고 있을 때 모르게 가고 싶다. 자꾸 마음이 설렌다. 소변이 자꾸 마렵다. 째깍째깍 손목시계의 일분일초가 너무 길게 느껴진다. 너무 너무 긴장된다.

2년이라는 결코 짧지 않은 잊을 수 없는 시간 동안의 아픔들, 그리고 이 사람들과의 시간과 추억들…. 수없이 많은 생각이 든다. 바로 지금으로부터 2년 전 기억들이 지금 내 머릿속을 주마등처럼 지나간다.

사람들은 자신들과 다른 환경의 사람들에게 이상한 호기심을 느낀다. 아주 먼 아프리카에서 전도하는 선교사님들의 이야기, 극한 지방에서의 탐험 이야기, 그리고 위험을 무릅쓰고 어떤 곳을 찾아가서 살펴보는 이야기 등. 그런데 우리와 아주 정말 가깝지만 소외되고 버려진, 황무지와 같은, 숨겨질 수밖에 없는 음지의 한곳이 있다. 그곳은 모두에게 잊힌, 잊혀야 하는, 정말 잊히고 버려진 그 자체인 곳이다. 아무도 관심을 가져주지 않는 곳. 그렇지만 그 안에서는 반드시 관심을 받아야만 하는 곳. 그리고 너무 외로워서 때로는 스스로 목숨을 끊는 괴로운 이가 있는 곳이다. 바로 철창 안에서의 생활이다.

　구치소의 삶과 웃음, 울음과 신앙과 처절한 삶! 간증을 또한 전도자의 삶을 그려본다. 그리고 이곳에서 명명한 작은 무형의 '열둘교회'의 생생한 실제 이야기를 나눈다. 아울러 이 글을 읽는 모든 분들께 간곡히 부탁드린다. 이곳은 반드시 관심과 애정이 꼭 필요하다는 것을…. 외로움과 고독과 싸우고 있는, 가야할 곳을 잃어버린 한 마리의 어린양이 울고 있는 이곳의 이야기를 시작한다.

　처음 내가 있던 방은 소위 '대방'이라고 하는 곳이다. 약 5평 정도의 크기이고, 10명이 함께 밥을 먹고 화장실을 쓰고 잠을 잔다. 방의 좌우에는 큰 창문이 각각 하나씩 있는데, 한쪽은 복도이고 한쪽은 바깥창이다. 바깥 창 쪽 구석에는 화장실 문이 있고, 좌우 벽에 옷걸이와 이불장이 있다. 하루에 4번 점검이 있고, 매일 순시가 한 번씩 있고, 기동대원(일명 까마귀)들이 가끔씩 돌아다니면서 감시를 한다. 아침 6시에 기상하고 저녁 9시에 취침한다. 평일 저녁에 3시간 정도 TV를 틀어주는데, 뉴스는 생방송이고 드라마나 오락 등 다른 프로그램은 약 한 달 전에 녹화한 것이다.

이곳 ○○시 △△동 구치소는 시설이 많이 낙후된 곳으로, 전국의 교도관조차도 전근을 오기 싫어하는 일제시대 교도소 같이 열악한 곳이라 한다. 그러나 교도관들은 친절하다.

내 기억으로는 1-2관구, 3-4관구 등 각 관구에 6개의 동이 있는데 한 동에 2개 층이 있고, 한 층에 약 17여 개의 방이 있다. 각방은 '독거방', '소방', '대방'으로 분류되어 있다. 소방은 4~5명이 수용되고, 대방은 9~10명이 수용된다. 당연히 독거방은 혼자이다. 혼자 있는 독거방이 좋을 것 같지만 2~3일이 지나면 외로워서 혼자서 벽하고 이야기를 한다고 한다. 그리고 일주일쯤 되면 벽을 두드리고 고함을 지르는 등 약간씩 신경쇠약 증세를 일으킨다고 한다. 그만큼 사람은 사람과 있어야 하나 보다. 여자 사동은 따로 분류되어 있는데 교도관들도 함부로 갈수 없게끔 되어 있다.

2013년 2월 15일

내가 처음 들어갔던 방은 12상 2방으로 대방인데, 10명이 재판을 기다리며 구속 수감 중에 있었다. 한 명 한 명 사연을 들어보면 하루가 정말 짧다. 그 사람들의 사연을 책으로 쓰라고 한다면 정말 100권이 모자랄 정도로 사연이 많다.

저녁 식사를 마치고 점검 후 또 한 사람이 이야기보따리를 풀었다.

"정말 수없이 많은 생각이 하루에도 몇 번씩 든다. 재판을 받지 않고 도망을 갈까 생각이 들었다 말았다 했다 아이가?"

피해자들이 '절대 보석을 불허한다'라고 그렇게 진정서를 많이 제출을 했는데도 불구하고 보석을 허가받아 7여 개월 후 법정구속된 성준 형이다. 김인규 판사님을 봐서라도 재판 때 도망가지 않고 1년 6월형을 선고받은 성준 형은 그 당시 판사님의 보석허가에 대해 너무 고맙게 생각한다 했다. 성준 형이 구속되었을 당시, 형수님은 늦은 나이에 불임을 이겨내고 임신 4개월차였다. 그때 매일 면회 오는 형수님이 너무 무리를 하여 하혈을 몇 번씩 해서 구치소 직원들이 119를 부르고, 면회장에서는 많은 이슈가 되었단다. 그때 구치소 교도관들이 판사에게 직접 탄원서를 넣고 하여 보석을 허가받을 수 있었다고 한다.

바깥으로 나갔던 성준 형은 자신의 아기가 태어나는 것을 보고 3일 만에 법정구속되어 지금 우리 방에 있다. 김인규 판사님이 계속 판결을 연기해 주어서 그 배려를 매우 고맙게 생각하고 있단다. 처음 우리 방에 왔을 때 금세 울 것만 같았던 큰 눈망울을 가진 형이 지금은 우리 방의 웃음 마스코트가 되어 우리를 즐겁게 해주고 있다. '어떻게 저렇게 착한 사람이 이곳에 올 수 있을까?' 하는 생각이 들 정도로 지금은 농담도 많이 하며 정말 모든 사람을 즐겁고 재미있게 해 준다.

"행님, 다 합쳐서 450년입이더."
"얼마?… 450년?"
"예, 행님…."
"그래, 알았다. 밥 묵자."

어느 장기수 방에서의 일이다. 막내에게 같은 방 사람들의 형기를 더해보라고 하자, 막내가 한참 동안 합산을 하더니 450이라는 숫자가 나왔다고 한다. 그러자 봉사원인 형님이 아무렇지도 않은 듯 그저 태연하게 '밥 먹자'라고 하는 이야기인데, 성준 형이 이야기를 무척 재미있게 하니 모두들 배를 잡고 웃었다.

또 옆에서 시끄럽다.

"한 수 물리라."

"그런 게 어디 있습니꺼?"

"니는 많이 묵었다 아이가?"

"아이~ 행님! 아무리 사기방이라지만 같은 식구끼리 사기 치는 게 어디 있습니꺼?"

편법과 사기가 판치는 바둑판이다. 이곳은 재산과 관련된 재산방으로 사기, 알선수뢰, 다단계 판매, 유사수신 등 이곳에 온 사람들의 공소장 내용은 그런 내용이다. 강력방은 옆방이고 마약방은 그 다음 방이다.

제일 나이 많은 분은 성지문 어른으로, 주폭* 사건으로 수감되었다. 4월형을 받고 지금 항소 중이다. 구속이 되지 않을 수도 있는 사건인데 4월형을 선고받았다고 한다. 술을 먹고 홧김에 상 한번 엎었다고 하는데 그것도 아마 상습이었으리라 생각한다.

제일 어린 친구는 37세의 지운이다. 일본에서 여행사를 운영하다가 잘못되어서 8월형을 받았고 이제 거의 만기가 다 되어 간다고 했다. 원래 지운이는 다른 방에 있었는데, 그곳에서 싸움을 해서 백담사에 갔다가 다시 이곳으로 온 지 얼마 안 됐다고 한다.

---

* **酒暴**: 만취상태에서 시민들에게 폭력과 협박을 가하는 사회적 위해범을 의미한다.

참 많이 영특하고 엘리트처럼 보이는 친구다.

백담사는 징벌방인데 14동에 있다. 그곳은 많은 제한이 있는 곳으로 구매, 접견, 서신 교환이 안 된다고 한다. 주로 수감됐던 곳에서 사고를 치고 오는 사람들이라 자신들을 제어하지 못하는 사람들이 있다. 자해하는 사람, 고함치는 사람, 정신이 온전치 못한 사람들이 있다고 한다. 그곳에 있으면 자신도 모르게 이상해져서 나온다고 한다.

2013년 3월 7일

새벽 3시, 어김없이 새벽기도의 문을 연다. 오늘을 왠지 굉장히 기도하는 것이 힘이 든다. 체력도 많이 떨어지고 영적으로도 오늘은 기도가 너무 힘들다. 여러 가지 복잡한 생각도 들고, 기도하는 데 집중하기 어렵다. 다른 사람들이 자는 새벽에 무릎 꿇고 기도하는 것이 무척이나 조심스럽다. 이곳에 있는 사람들이 새벽에 기도하는 것을 싫어하면 내가 징벌방으로 쫓겨 갈 수도 있기에….

그래도 모든 생각을 물리치고 열심히 조용히 기도한다. "주님, 우리 아이들 지켜주소서! 제 아내를 지켜주소서…" 그리고 나라와 민족을 위해 계속, 계속 기도한다. 기도가 안 되어도 간절히 기도하니 마음이 평온해진다.

갇혀있는 고통보다 남아 있는 가족의 염려와 아직 어린 아이들이 걱정되어 더 고통스럽다. 어떻게 지내는지, 아내 혼자서 얼마나 외로울까?, 생활비는 어떻게 충당을 하는지? 등 오만가지 걱정에 속이 시커멓게 타 들어간다. 가족에 대한 염려가 징역이다. 이 마음을 달래줄 수 있는 것은 전능하신 하나님께 기도하는 것 밖에 없다. 그리고 같이 생활하는 사람들을 위해 기도하다 보면 40분이 금방 지나 가 버린다.

4시경에 다시 잠을 청해 본다. 다시 잠들 때까지 10분 정도 걸린 다. 부스럭거리는 소리, 드르렁 코 고는 소리, 이빨 가는 소리 등 이 곳저곳에서 작은 소음도 크게 들린다. 몇 번을 뒤척이다 깨는지⋯ 꿈도 수없이 많이 꿨다. 기상시간 5시 45분!

오늘은 첫 심리가 있는 날이다. 모두들 내 심리 날이라 아침에 예 의를 지켜 준다. 항상 우리 방은 아침에 시끄러운데 오늘은 조용하 다. 아침 8시가 되자 "정훈 씨!" 하고 밖에서 복무부장이 나를 부르 는 소리가 들렸다. 정말 긴장이 된다. 철창문이 열리고, 신발을 신 고 사동 밖으로 나가면서 손에 수갑을 차고 몸은 포승줄에 묶인 채 출정차량에 탑승했다. 여자 사동에서 젊고 예쁜 여자들이 관복을 입고 나오는데, 어떻게 저렇게 예쁘고 아름다운 여자들이 이런 곳 에 왔을까 하는 생각이 들었다.

이제는 출정 가는 게 조금은 자연스럽다. 수갑을 차는 것도, 포승 줄에 묶이는 것도. 자연스럽게 내 자리를 쉽게 찾아간다. 교도관들 이 참 수고가 많다. 항상 우리를 따라다니고 배려해 준다. 그중에 좀 까다로운 사람도 간혹 있지만 대부분 착하고 사소한 것에도 최 선을 다한다. 이곳에 갇힌 우리와 같이 자신들도 갇혀 지내기에 동 질감과 가족애가 느껴지나 보다.

버스를 타고 △△구치소에서 나가는데 입구에서 보이는 구치소 건물이 왠지 익숙하다. 이젠 구치소가 집 같이 느껴진다. 출정버스가 시내를 나서는데 오랜만에 보는 풍경이 좀 낯설다. 높이 솟은 건물들, 장난감처럼 보이는 예쁜 승용차들, 사복을 입은 사람도 괜히 어색하다. 색상이 컬러풀하니 눈이 부시다. 도로가 낯설다. 모든 사람으로부터 잊힌 존재… 아니 잊혀야 하는 존재, 버림받은 존재들, 가까운 곳에 있어도 혐오로 분류되는 존재들. 그러나 사실 이 안에서는 서로가 무척이나 귀한 존재이다.

구치소는 과거의, 지하의, 어두운, 회색지대… 이상한 나라이다. 갑자기 이상한 폭풍이 휘몰아치더니 그 폭풍에 휩쓸려 날아온 곳. 눈을 떠보니 작은 소국의 난쟁이들만 있는, 나 혼자 거인인 바로 이곳. 이곳은 난쟁이 나라이다. 자그마한 종이 과자 박스로 필통을 만들고, 운동화 종이 박스로 명품 사물함을 만들고, 종이와 풀로 모든 것을 만들 수 있는 이곳은 분명 동화책에 나오는 그런 나라이다. 피아노 반주도, 성가대도, 오케스트라도 없지만 부르는 찬양의 은혜가 세계 최고의 수준이다. 이상한 나라이다. 평안이 있고 은혜가 강물처럼 흐른다.

출정을 가는 동안 이런저런 생각을 하면서 바깥구경을 하다 보니 벌써 동부지청에 도착했다. 아무리 봐도 여자들이 젊고 예쁘다. 내 아내에게 미안한 마음이 들 정도로. 이곳에 사랑하는 여인을 보낸 애인이나 남편들의 마음은 어떨는지? 또 서글픈 생각이 든다. 사념思念에 잠겨있던 중 벌써 내 차례가 되었다. "정훈 씨!" 호명되어 법정으로 들어섰다. 법정은 웅장하고 강압적인 느낌이 들 줄 알았는데, 의외로 포근한 느낌이 들고 깨끗했다. 밝고 환하다. 천국인 걸까?

판사님이 여자 분인데 내게 친절하게 물었다.

"이름은?"
"정훈입니다"
"주민번호는?"
"70****-*******"
"주소는?"
"충남 당진시 송악읍…"

왠지 판사님이 좋아 보인다. 사건 병합을 요청하려고 먼저 손을 들어서 이야기 하려는데, 국선 변호사가 "그건 제가 말씀을 드릴 겁니다."라고 하기에 겸연쩍게 손을 내렸다. 변호사는 "정훈 씨는 그동안 공사를 여러 곳 했는데, 공사가 잘 안 되어서 이렇게 된 것입니다. 고의로 그런 것이 아니라 하나보니 그렇게 된 것이고, 피해부분에 대해서 변제는 힘들지만 가정이 있고 아이들이 어리므로 선처를 부탁드립니다."라며 성심성의껏 변호를 해주었다.

정말 고마웠다. 장수진 국선 변호사에게 나중에라도 꼭 감사의 마음을 전해야겠다. 예쁘고 젊고 똑똑할 뿐 아니라 친절하고 착하고 진실됐다. 매우 고마웠고, 판사님과의 처음 대면이 잘 된 것 같아 오는 길이 평안했다.

묶어서 출정을 한 번 갔다 오면 한 3kg은 빠지는 것 같다. 12상 2방에 도착하니 저녁식사 중이었다. 모두들 식사를 거의 다 마친 것 같았다.

"어? 왔나? 훈아! 심리 잘 받았나? 배고프재? 밥 묵으라."

민철이 형이 반갑게 맞아준다.

"행님! 오늘 판사가 여자네예. 변호사도 여자고 검사도 여자던데
예."
"뭐고? 기분은 좋았겠네? 그래 얺친다. 천천히 묵으라!"
벌써 설거지를 해야 하는 시간인데도 내가 밥을 급하게 먹을까봐
먼저 선수를 친다.

"천천히 묵으라 카이…"

오늘도 하루가 벌써 지났다. 주님께서 한량없는 긍휼로, 여기 잊
혀야 하는 곳에 찾아오셔서 물으신다.

"너는 이 불쌍한 사람들을 위해서 여태껏 무엇을 했니?"
"주님, 저를 용서하여 주옵소서…"

2013년 3월 8일

"실로암이 뭅니꺼? 훈이 행님?" 깔끔하게 생긴 지운이가 묻는다. "실로암은 아주 유명한 암자 이름이다. 엄청 이름난 절 이름이다." 농담인지 정말 몰라서 그러는지… 보험 사업을 하다가 들어온, 그리고 하루는 아내가 또 하루는 애인이 면회 오는 여자관계가 좀 복잡한 지후 씨가 답한다. 때로는 둘이 같은 날 면회 올 때가 있는데 그때는 참 복잡한 심경을 나타낸다. 그런데 사실 애인도 한 서너 명 되는 것 같았다.

12상 2방은 기독교 방이라고 해도 과언이 아니다. 항상 기독교 이야기다. 불교를 깊이 공부했던 성진이 형도 찬송가를 펼치고 찬양을 하는데 참 구성지다. "내 주를 가까이 하게 함은…", "나 같은 죄인 살리신…" 찬송가를 많이도 알고 있다. 예전에 교회를 좀 다닌 것 같다. 찬송을 부르는 모습이 참 은혜롭다.

잊힌 이곳, 흉물스런 이곳에도 봄이 찾아왔다. 출정을 나갔다 오면서 담벼락 주위에 꽃이 피고 나무의 잎이 돋은 것을 보았다. 이곳은 전혀 빼앗긴 들도 아니고, 몸은 묶여있지만 오히려 마음과 영혼은 자유롭다. 이중, 삼중, 사중 철창문을 열고 들어오면 어떻게 이 비좁은 구치소에서 2,000여 명이 생활하는가? 의아하게 느껴진다. 내가 버리고 미워했던, 그리고 내팽개쳐버린 이곳. 그래도 따뜻한 계절은 이곳에 있는 사람을 버리지 않는 것 같았다.

오늘은 지운이가 선고를 받는 날인데, 1심에서 8월형을 받았는데 항소 중에 피해자와 합의를 다 해서 모두들 집으로 갈 줄 알았다. "행님, 혹시 제가 오늘 안 오면 필통에 있는 우표 가져 가이소." 하고 나갔던 지운이가 점심 때 웃으며 들어왔다. 아침에 손을 붙잡고 "기도 해줄까?" 물어봤을 때 거절을 해서 아쉬웠는데, '결국 오늘은 집으로 못 가는구나…' 하는 생각에 모두들 많이 안타까워했다. 지운이는 "뭐, 이제 두 달만 있으면 되지요." 하면서 스스로를 달랬다.

방 풍경은 이렇다. 공부하는 사람, 바둑 두는 사람, 여자 이야기를 하는 사람 그리고 다른 사람 사건을 듣고 판사놀이를 하는 사람 등 나름 모두들 바쁘다. 얇은 비닐 장기·바둑판에 바둑을 두며 재원 씨와 성 씨 어르신이 이야기한다.

"야, 바둑이 없다면 우째 시간을 보낼지 앞이 캄캄하다."

넓지도 않는 방에서 한쪽에서는 바둑, 다른 한쪽에서는 장기를 두고, 편지 쓰는 사람, 누워있는 사람, 아직도 추운데 차가운 물로 샤워를 하는 사람 등등 사람들의 모습은 다채롭다.

"야, 한 수 물리자."

"행님, 와 그럽니꺼? 자꾸 물리기 없습니더."

한쪽 편에서 벌어진 바둑판에서는 한 수 물리자고 실랑이를 벌이고 있고, 또 한쪽에서는

"장군아!"
"뭔? 장군?"
"차장이잖아?"
"어, 그렇네… 음… 자! 멍군!"

모두들 정신연령이 10세 이하인 것으로 추정이 된다. 민철 형님은 하루 종일 떠들고 놀았는데 오늘은 벌써 누웠다.

"어? 행님 오늘은 왜 그리 말씀이 없으십니꺼?"
"야, 일마들아. 나는 가방끈 짧은 놈하고 이야기 안 한다."
"행님, 그러면 행님은 어디까지 나왔습니꺼?"

지운이가 묻는다.

"야! 일마들아! 나 고대 나왔다."
"와~ 그래요 행님. 대단하시네요. 근데 고대가 무슨 동에 있습니꺼?"
"……"

대답이 없다. 모두들 웃느라 정신이 없다. 거짓말인지 알면서도 서로 킥킥대고 웃는다. 민철 형과 성진 형은 정말 너무 시끄럽게 떠들어서 정신없을 때도 있다. 그래도 밉지는 않다.

내일은 토요일. 아내가 애들하고 면회를 온다고 했는데….

"주님, 우리 아이들… 아내를 지켜주소서."

2013년 3월 9일

새벽 3시가 넘었다. 오늘은 육신의 무거운 힘과 알 수 없이 눌리는 힘 때문에 늦게 일어났다. 항상 주님께서 새벽에 깨우시지만, 오늘은 내가 주님의 깨우심을 뿌리치는 것 같았다. 그래도 몸은 힘들지만 주님을 깊게 만나는 유일한 시간이 새벽기도이다. 깊은 은혜의 시간으로 밖에서는 체험할 수 없는 이곳에 온 자만이 느낄 수 있는 그런 감동의 시간이다.

이곳에서는 적어도 음란의 마음을 품을 수는 없다. 그러나 밖은 어떠한가? 온갖 음란과 죄악의 세력이 판을 치고 있을 터이다. 나라와 민족을 위해 기도할 수밖에… 이 민족이 소돔과 고모라가 되면 안 될 텐데… 기도하여야 한다.

아침 5시 45분, 기상시간이 되자 역시 우리 방이 제일 시끄럽다. 다른 방 사람들은 아직 기상하지도 않았고 조용한데, 우리 방 사람들은 벌써 일어나서 이불을 개고 아이들처럼 말이 많다.

"배식!" 하는 소리와 함께 밥을 먹는다. 구수한 꽁보리밥, 된장국 등 메뉴는 정말 건강식이다. 당뇨병 환자가 있다면 완치가 될 것 같다. "감사히 먹겠습니다." 서로 인사를 하고 먹기 시작했다. 우리 방은 밥 먹을 때만 정말 조용하다. "아우, 짭아라." 성준 형이 국이 짜다고 난리다. 다른 사람들은 아침밥을 먹지만 나는 아침에 금식을 한다. 그래도 영은 더욱 살아나는 것 같다. "어이, 젊은이! 얼굴은 착하게 생겼는데, 집도 없나? 여기 와서 김밥 한 줄 먹고 힘내라. 와 밥을 못 묵고 굶고 있노?", "불쌍한 것!" 아니나 다를까 민철 형이 농담을 한다. 아침을 안 먹고 있으니 또 웃기려는 것이다.

조용한 것도 잠깐, 한 10분 정도 지나면 금방 또 시끄러워진다.

"재수 아이가?"

"행님, 형 집행정지로 나갔다네에."

"여자 얼굴을 16바늘 꿰맸으면 우짜노. 안됐다."

얼마 전 면회장으로 가던 여자 수용자가 넘어져 얼굴이 찢어지는 사고가 일어나서 구치소가 비상이다. 이곳 수용자들은 모든 게 약해서 금방 부러지고 찢어지고 그런다. 그런 사고가 있으면 교도관들이 힘들어진다. "아유, 다리 아파 죽겠네. 하루에도 몇 번을 계단을 오르락내리락하는지…" 밀착동행을 하느라 수고가 많다.

같은 방에 있는 태우 씨는 캐나다에서 왔다. 캐나다로 간 지 수년 만에 아들의 여권을 갱신하려고 대사관에 갔는데, 한국을 떠나기 전에 있었던 오래된 사건이 해결이 안 되어서 그곳에서 갑자기 체포가 되었다고 한다. 그 바람에 캐나다 감옥에 몇 달 있다가 한국 △△구치소로 온지 얼마 되지 않았다고 한다. 많이 복잡하다. 가족이 다 같이 한국으로 이사를 해 와야 하는지… 17살짜리 아들이 한국어를 못하는데도 매일 아빠한테 면회를 온다고 한다. 그 와중에 부인과는 불화 중이고… 참, 마음이 갈래갈래인 것 같고 나 같이 고민이 많아 보인다.

"정훈 씨! 접견!"

오후 3시 예약접견이라 아내와 애들 볼 생각에 가슴이 막 두근거린다. 예약해놓고 또 안 오면 어쩌나 하는 불안감에 간절한 마음이 든다. 아니나 다를까, 오늘도 지희가 예약을 해놓고 안 왔다. 처음이 아니라 두 번째다. 앞이 캄캄하고 걱정돼서 입이 바짝 마른다. 오만 가지 생각이 지나간다. 애들 걱정, 아내 걱정… 한 시간 동안 힘이 빠져 기운이 나질 않는다.

같은 방의 다른 사람들은 거의 매일 면회를 오는데, 나는 일주일에 한 번도 오질 않으니 '참, 복이 없는 사람인가' 하는 생각도 들면서 아무도 모르게 울고 있었다. 당진 큰뜻교회 목사님한테도 소식이 없다. 왠지 집사람에게 야속한 마음이 든다. 그러나 이내 불쌍해진다. 아내가 많이 정신이 없나 보다. 소식이라도 자주 좀 보내주면 좋겠는데, 서신도 자주 보내질 않으니…. 매일 면회 오는 사람들이 부럽다. 이제 영치금도 얼마 없을 텐데 너무 외롭다. 마음이 너무 무겁다. 아프다. 힘들다.

"주여, 제 마음에 평안과 위로를 주시옵소서." "지희야. 왜 오늘 면회를 안 왔니? 오빠… 너무 애들하고 네가 보고 싶다."

오늘은 TV도 너무 재미없는 것만 틀어준다. 밥맛도 없고, TV에서 김범수의 노래 〈보고싶다〉가 나오니 더욱 마음이 찢겨질듯 아프다. 그래도 이겨내야 한다. 잘 있으리라. 우리 아이들 그리고 아내는 잘 있으리라. 이겨내야 한다.

…"보고싶다. 죽을 만큼… 보- 고- 싶- 다-"

2013년 3월 *일 주일

여전히 우리 방이 제일 시끄럽다. "뭐? 소지가 사기 방에 사기를 쳤단 말이가?" 5시 45분. 다른 방은 조용한데 벌써 우리 방은 이불을 개고 난리도 아니다. '소지'란 같은 수용자인데 출력을 한 사동 도우미를 말한다. 엊그제 소지가 우리 방에서 훈제 닭과 라면 몇 개를 빌려갔다가 돌려주지 않았다고 한다. 농담 섞인 말로 아침에 이야기를 하는 것이다.

오늘은 주일이라 점검을 마치고 예배를 드리기 위해 준비했다. 상을 펴고 예배를 같이 드리자고 하니, 모두들 은혜가 갈급했던 모양이다. 6명이 모여온다. 불교신자인 성진 형도 참석을 하고… 12상 2방에 부흥이 일어났다. 찬송을 하고 내가 말씀 설명을 하니 무척이나 은혜가 넘쳤다. 작은 종이로 주보도 만들고, 대표기도도 하고, 특송(특별 찬송)도 했다. 예배 중 광고내용은 다음과 같다. '추운데 감기 조심하시고, 재판자들을 위해서 서로가 기도해주고, 싸우지 말고, 같은 방 다른 사람을 전도하고, 다음 주일은 성경퀴즈대회를 하고, 우리 교회 이름을 《열둘교회》로 한다'는 내용이었다.

왜 열둘교회냐면 12상층에 우리 방이 있기 때문이다. 그리고 예수님의 12제자와 이스라엘 12지파와도 의미가 통했다. 여러모로 이름이 좋았다. 다음 주는 더 은혜롭게 예배를 드리고 싶다.

그렇게 찬양을 하고 하는데 옆방(강력방)에서 조용히 하라고 난리다. "나는 불교다. 조용히 해라." 그러더니 전 상층이 난리다. 시끄럽다. "나도 불교다. 누가 찬송가를 부르노?", "누가 이곳에서 예배를 드리고 있노?" 갑자기 마음이 흔들리고 무서운 생각도 들지만, 조용히 예배를 마쳤다. 나중에 운동시간에 그들과 마주쳤는데, "아저씨가 찬송하고 기도하고 그랬습니꺼? 참 듣기 좋던데예." 아까 막 겁주던 때와 달리 부드럽게 말을 하는 것이다. 온몸에 문신이 있는 조폭들, 착하다.

2013년 3월 *일

　아직도 아침저녁은 선선한 바람이 불어 준다. 오늘은 나도 차가운 물에 샤워를 한다. 간담이 서늘하다. 시원하면서도 가슴이 찌릿하다. 이곳에 있으면 좋은 습관이 많이 생긴다. 그중에 첫 번째는 자주 씻는다는 것이다. 방 생활 중 가장 기본이 되는 것이다. 여러 명이 같이 좁은 방에서 생활해야 하니 모두들 냄새에 민감해진다. 그러기에 자주 씻어야 한다. 좁은 방에서 10명이 같이 생활하는 것이 결코 쉽지는 않다.

　저녁 마지막 점검이 끝나면 내복을 입고 일찌감치 이불을 편다. TV를 아무도 안 보는 줄 알았는데, 성진이 형이 혼자서 킬킬대고 보고 있다. 〈1박 2일〉을 보는데 약 한 달 전 녹화된 것이다. 지운이와 동수 형은 장기를 두고 있고, 민철 형과 재원 씨는 바둑을 두고 있다. 태우 씨는 책을 보고 있고, 성 어르신과 지후 씨는 반성문을 쓰고 있고, 성준 형은 화장실에서 씻고 금방 나왔다. 성준 형의 언청이 흉내에 또 한 번 웃음바다가 되었다. 지운이는 그사이 머리가 많이 길어서 바지고무줄을 빼서 머리띠를 만들었다. 이제는 머리가 앞으로 쏠리는 것을 막을 수 있다.

　이상하게 지금은 너무 조용하다. 모든 가족들이 무사히 잘 있기를… 이곳에 와서 많은 것을 되돌아보고 깨닫는다. 그전의 사업에 대한 욕심들, 바쁘다는 핑계로 애들하고 같이 놀아주지 못했던 일들 등. 이곳에선 마음을 비울 수 있다. 아무것도 가지고 있지 못하므로. 그리고 음란한 생각들도 버릴 수 있다. 아내 모르게 얼마나 음란한 생각을 많이 했던가? 이곳에서 영이 많이 맑아지는 것 같다. "주님, 저의 죄를 용서하여 주시옵소서."

　조금 동안이지만 상념에 사로잡혀 있을 때, 또 바둑 두는 민철이 형과 재원 씨가 바둑판을 사이에 두고 시끄러워지기 시작한다. 민철이 형은 정말 생각 없이 아무렇게나 바둑을 둔다. 한 수를 두는 데 1초를 넘기지 않는다. "머리 쓰기 싫고, 나는 눈으로만 둔다." 한 수, 한 수 생각을 해야 하는데 그냥저냥 둔다. 이곳에서 무슨 생각을 할 수 있을까?

　이곳은 과자 하나도 혼자 먹는 법이 없다. 항상 같이 나눠먹는 분위기이고 그렇게 할 수밖에 없다. 네 것 내 것이 없다. 그냥 공동사용이다. "아, 이상하게 배가 고프노?" 민철 형이 말을 꺼낸다. "행님, 뭐 좀 꺼낼까예?" 내가 대답하니, '좀 있다 먹자'고 한다. 그 소리에 한쪽에서 "먹고 싶으면 꺼내 먹어라." 다른 쪽에서 "훈이 씨… 그냥 먹어요. 눈치 보지 말고. 누가 훈이 씨 눈치주노?" "누가 훈이 형 먹는데 태클 거는 사람 있어요?" 등 시끌벅적해진다. 말 한마디에 사람이 멍 하게 되는 것 같기도 하다. 한 사람이 말을 하면 9명이 대꾸를 하고, 그러다보면 처음 질문이 온 데 간 데 없어진다. 사소한 것에도 서로 관심이 급물살을 탄다.

오른쪽 한편에서는 성 어르신이 쪼그려 앉아서 반성문을 쓰고 있다. 성 어르신은 연세가 63세로, 술을 먹고 행패를 부리다 왔다. 여러 번 그리해서 어찌할 수 없이 판사가 구치소로 넣었나보다. 소싯적에 색소폰을 좀 불었다고 한다. 얼마 전 태우 씨와 크게 싸웠는데, 한번 더 소란을 피우면 다른 방으로 보내겠다고 동수 형이 으름장을 놓아서 그런지 그 이후로는 우리와 잘 맞추어 준다. 오늘 같이 예배도 드리고 착해졌다. "정훈 선생님. 열둘교회 이름이 참 좋습니더! 허허."

열둘교회! 내가 생각해도 참 좋은 이름이다. 이곳에서도 교회가 생길 수 있다는 것이 뿌듯했다. 다음 주에는 성경퀴즈대회를 한다고 광고를 하며 창세기를 열심히 읽으라고 했다. 선물은 우표로 준비하기로 한다. 그렇게 또 하루가 저물어 간다.

2013년 3월 10일

"아야! 팔다리가 너무 쑤신다. 아! 통풍 때문에 미치겠네…."

어제 주일, 그렇게 기독교인들의 삶을 판단하고 정죄** 했던 민철이 형이 예배를 같이 드렸다. 대표기도도 너무나 잘 했다. "교회가 왜 그렇게 웅장하게 건물을 짓고, 목사들이 왜 고급외제승용차를 타고 다니노? 십일조는 왜 해야 하고 교회가 왜 부를 축적해야 하노?" 하고 열변을 토하던 사람이었다. 그러나 지금은 열둘교회 대표 장로감이다. 오늘 아침은 통풍 때문에 영 컨디션이 안 좋은가 보다.

민철 형은 먼저 이곳에 수감된 후배 일을 돌봐주느라 경비조로 500만 원을 받았는데, 그것이 알선수뢰죄가 되어 이곳에 들어왔다. 처음 이곳에 들어올 때는 5억을 받고 알선수뢰를 했다고 우리한테 뻥을 쳤는데, 나중에 공소장을 보니 꼴랑 500만 원이어서 참 많이들 웃었다. 항상 정이 많고 오지랖이 넓다. 온갖 일에 관심이 많다. 그리고 굉장히 쾌활한 사람이다.

** 定罪: 죄가 있다고 단정함.

여하튼 그렇게 교회에 부정적이던 사람이 예배도 드리고 대표기도도 해 준 것이 너무도 감사했다. 그런데 통풍이 정말 심한가 보다. 통풍은 굉장히 아픈 통증이 있다고 하는데, 활동량이 없는 이곳에서 활동량이 남보다 배가 많은 사람이 활동을 못하니 통풍이 자주 온다고 한다. "주님, 부디 건강하게 이곳에서 민철 형이 나갈 수 있게 해주소서!"

"아! 살아있네.", "설거지 살아있네.", "아, 빗자루 질 살아있네!", "아! 된장국 맛 살아있네!"… '살아있네'라는 말은 이곳에 떠도는 그 당시 '괜찮다. 좋다'라는 뜻이다. 성준 형이 또 웃기는 말을 한다. 오랜만에 삼촌을 만났는데 "삼촌! 아! 살아있네~!"라고 했단다. 삼촌은 삼촌 모습이 생기가 있어 보인다는 그 말의 뜻을 모르고 "야이 후레자식! 그럼 삼촌이 죽었으면 좋겠나?"라고 했단다. 또 한바탕 12상층 2방에서 웃음이 터진다.

"어! 이 방에 바늘이 있어요?"
"오빠, 너무 순진하시다. 이곳에 어떻게 바늘이 있겠어요?"

재원 씨가 바늘 대용으로 뭔가를 만들었기에 나는 진짜 바늘인줄 알고 물었는데 성준 형이 또 장난을 친다.

"자기야?" 성준 형이 소지를 부르자 "왜 그래, 자기야?" 소지도 장난을 받아준다. 성준 형은 참 재미가 있다. 항상 우리에게 웃음을 준다. 성준 형은 45세, 형수는 42세인데… 늦은 나이에 아기를 낳고 3일 만에 법정구속이 되다니 얼마나 마음이 아플까? 그래도 항상 웃고 떠들고 즐겁게 해 준다.

2013년 3월 11일

"정훈 씨. 접견!"

"어… 저 말입니까? 정훈?…"

깜짝 놀랐다. 평일, 그것도 월요일에 면회 올 사람은 누구일까? 접견용지를 보니 아내다. 이틀 동안 표현을 안 했는데 얼마나 많은 걱정을 했는지… 보고 싶은 아내가 왔다. 접견장에서 대기하고 있는 동안 가슴이 두근거린다. 집사람과 아이들이 잘 있기를 바라는 마음이 정말 간절하다.

9회차 13호실! 접견장으로 가니 금세 내 차례다. 접견실로 가니 아내와 딸 애영이가 왔다. 집사람이 좋아 보인다. 예뻤다. 애영이도 예쁘게 잘 크고 있다. "아빠, 보고 싶었어요." 하는데 마음이 눈 녹듯이 녹아내린다.

"태준이는?"

"학교 갔어."

"애들 잘 챙기고 힘내!"

"오빠! 재판은 어떻게 될 것 같아?"

"글쎄… 잘 되겠지…. 아직까지 병합하려면 6개월은 걸린다 하네…."

"오빠도 건강하게 잘 지내. 우린 잘 있어. 걱정 말고…."

집사람과 면회 후 방으로 돌아가니 방 식구 모든 이가 물어본다. 정말 관심들이 많아도 너무 많다.

"집사람 잘 있드나?"

"네, 행님. 잘 있던데예."

"그래. 여자는 남자들보다 더 생활력이 강하다 아이가? 집사람 잘 있재?"

항상 아내와 아이들을 걱정하고 있는 내가 안 되어 보였는지 민철이 형이 한참동안 걱정하지 말라고 설득한다. "네 행님 알겠습니더." 대답하는데, "그래도 형수님 대단하십니더. 당진에서 여기까지 행님 때문에 이사 오고." 지운이가 한마디 거든다. 알게 모르게 위로의 말을 해준다.

그런데 옆방에서 갑자기 이상한 소리가 들린다. 쿵쾅쿵쾅! "야이, 새끼야!" 욕 하는 소리와 함께 더 크게 쿵쾅거리는 소리가 들린다. 분명 싸우는 소리인데… "뭐? 이 새끼가?" 더 소리가 크게 들릴 즈음, 벌써 기동대가 도착해 제압을 해서 그런지 싸움은 더 이상 진행이 되지 못한다. 옆방은 강력방이다. 역시 이곳은 징역이고 구치소이다. 그리고 이 사람들은 살인, 마약, 강도 ,폭행 등의 죄를 저질러 수감된, 감히 건들지 못하는 사람들이다. 여러 수용자 중에서도 제일 대우를 못 받는 사람이 강간범, 추행범, 바바리맨 등이다.

토요일과 일요일을 제외하고 매일 30분씩 작은 뜰에서 운동을 한다. 작은 뜰은 그냥 복도 수준이다. 이제 매일 그들을 보니 제법 아는 체도 한다.

"행님, 식사하셨습니꺼?"
"어, 그래. 밥 마이 묵으라."
"네. 행님도 식사 마이 하이소."

맨날 끼리끼리 만나면 하는 이야기가 밥 먹었냐는 소리다. 젊은 친구들이 온몸에 문신이 새겨있다. 그래도 착하고, 먼저 건들지만 않으면 절대 싸우지 않는다. 그 좁은 뜰에서라도 운동을 하려고 뜀박질을 한다. "허이, 허이, 허이…" 뛰면서 나는 호흡소리가 마치 "비켜"라고 하는 소리 같다. 이들 중에는 매스컴에 나온 친구들도 있다. 'A파'라고 ○○에서 알아주는 조직폭력배들인데 이번 단속에 깡그리 잡혀서 들어온 것 같다.

운동을 마치고 거실로 들어서니 "이거 봐라…. 이래가꼬 내가 보석이 되겠나?" 하고 성진 형이 말한다. 얼마 전 보석신청을 한 성진 형이 ○○일보 사회면에 대문짝하게 나온 것이다. '새마을금고 부정대출…' 신문기사 내용 속에 성진 형의 공소내용이 들어있었다. 성진 형이 새마을금고에서 근무하던 당시 뇌물수수를 하여 부정대출을 했다는 검사 공소내용이 마치 판결문처럼 버젓이 게재되어 있었다. 본인 일이 이렇게 신문에까지 나오니 정말 충격이 컸나 보다. 성진 형과 많은 이야기를 나누었는데, 그는 결코 주도세력도 아니고 신문에 나온 내용도 검사의 공소장 내용이지 사실과 많이 다른 내용이었다. 나도 어찌나 속이 상하던지.

"내일… 보석신청이 받아들여지겠나?" 묻는 성진 형에게 "행님, 보석은 힘들겠습니더…!"라고 이런 일에 빠삭한 성준 형이 냉정하게 대답을 한다. 나도 속이 상해 "행님, 너무 신경 쓰지 마이소. 기자들이 쓸 게 없어서 그래 했나보네예." 그리 말하면서도 속이 쓰리다. 나쁜 기자들, 나쁜 검사들.

저녁을 먹으면서 민철 형이 또 "우리 방에 신문에 나온 거물이 이래 우리랑 밥 묵고 있네." 하며 놀려댄다. "그래. 나 거물이다. 잔챙이는 꺼져라." 성진 형도 이제 웃으면서 농담을 받아준다. 이제 조금 맘이 안정이 되나보다.

"행님, 또 물러달라고 합니꺼? 제발 그래 두지 마이소." 지운이는 동수 형과 바둑을 두면서 신경질적으로 따진다. 맨날 물러달라고 하고 안 된다고 하며 그렇게 싸우면서 또 바둑을 둔다. 그러면서 왜 바둑을 두는 건지….

2013년 3월 12일

　설거지는 봉사원을 제외한 방 식구들이 돌아가면서 한다. 싱크대에서 퐁퐁 거품을 일으켜서 닦아내면 화장실 안에서 거품을 씻어내고, 화장실 바로 앞에서 깨끗한 마른 행주로 물기를 닦아낸다. 모든 일이 철저한 분업이다. 그렇게 하지 않으면 서로 마음이 상할 수 있기에 나이가 많다고 해서 열외를 시키지 않는다. 모두가 다 같이 순서대로 설거지를 해야 한다.

　밥을 먹고 가만히 앉아서 있으니 충남에 있는 큰뜻교회 생각이 났다. 서신도 없고, 면회도 없다. 그렇게 헌신을 하고 나름 헌금도 많이 했는데… 섭섭한 마음이 든다. "동생처럼 생각하고 나를 믿어." "내가 어떤 사람인데, 이렇게 힘든 사람을 외면하고 버릴 사람으로 보여?" "정훈 집사가 살인을 했다고 해도 나는 정훈 집사 편이야."라고 하던 사람인데 이제는 잊었나 보다. 어쩔 수 없었겠지. 그것도 이해가 된다. 요즘은 목회자도 많고 그리스도인도 많은데 참 목회자, 참 그리스도인은 드물다.

　아침을 먹고 또 시끌벅적하다. 때로는 좀 조용하게 있고 싶다. 특히나 우리 방은 경제방이라서 그런지 너무 시끄럽다. 폭력방, 마약방, 강력방은 조용한데 확실히 사기방은 사기방이다. 말이 많다.

열둘교회. 이제 밖에 나가면 뭉쳐야 할 텐데. 성준 형이 예전에 이곳에 있었던 사람들 이야기를 해준다. "행님, 이건 국립박물관에 기증해도 되겠습니다." 한여름 밤, 시커먼 손바닥만 한 게 방안으로 날아들었는데, 새인지 알고 다 쳐다보고 있었다고 한다. 봉사원이 누워있다가 "야, 야, 야. 그것 가지고 놀라지 마라. 바퀴벌레다." 하면서 돌아눕더란다. "우리 심심할 때 실로 묶어서 운동할 때 데리고 나가기도 했다."며 이야기를 마쳤다.

하여튼 우리 방, 12상 2방이 제일 시끄럽다. 미결방이라 그런지 너무 철이 없다. 민철이 형, 성준 형, 지후 씨, 성진 형은 여전히 세상만사 오만가지 이야기를 하느라 시끄럽고, 성 어르신은 요즘 성경을 많이 읽는다. 태우 씨는 요즘 걱정이 많은가 보다. 캐나다에서 오면서 집사람과 좀 안 좋은 일이 있어서 면회도 안 오는 상황이다. 한국말을 전혀 모르는 17살짜리 큰 아들만이 매일 면회를 오고 있다. 밖에서 일을 봐줘야 할 상황이 많은데….

한참을 떠들어대고 나니 점검 시간이다. "각방 차렷!" 점검을 끝내고 나면 "배식!" 벌써 점심식사 시간이다. 배식이 시작되면 조그만 배식구를 통해서 밥과 반찬이 들어온다. 밥을 먹다가 사소한 것으로 지운이와 재원 씨 사이에 말다툼이 일어난다.

"야, 어린 놈이 뭘 안다고 그라노? 아무것도 모르면서 아는 체 좀 하지마라."

"아이, 왜 욕을 하고 난립니꺼?"

"뭐? 이기야 건방지네."

"뭐? 니가 뭔데 나보고 어리다고 하노?"

밥 먹다가 벌어진 사건이라 겨우 진정을 하고 말리고 있는데, 민철이 형은 아무 관심도 보이지 않고 밥을 먹는다. 잘못하면 몸싸움까지 갈 뻔 했다. 이곳에서는 싸웠다 하면 무조건 징벌방으로 가고 재판에도 상당히 불이익이 된다. 겨우 밥을 먹고 설거지를 하고 쉬고 있는데 "정훈 씨! 출력 테스트입니다. 준비하고 나오세요!" 하고 부르는 소리가 들렸다.

얼마 전에 구치소 내 방송에서 목수 출력 광고를 하기에 보고문을 냈는데, 오늘 테스트를 받으러 오라는 것이다. 영선 공장에 도착하여 목공소 안으로 가보니 그리운 나무 냄새가 정겹다. 인테리어 목수 생활을 15년 해왔기에 테스트는 합격이었다.

방으로 돌아오니 사람들이 궁금해 하며 묻는다. "합격입니다." 그러니 사람들 반응이 '이제 훈이가 가는구나' 하고 서운한 마음을 먹는 것 같다. 같은 구치소 안이지만 영선에 출력된 사람들은 생활하는 방을 옮겨야 한다. 그러면 열둘교회는? 그것도 주님께서 하시리라 믿는다. "행님, 만일 제가 영선으로 가면 꼭 같이 예배 계속 드려야 합니다." 하고 민철이 형에게 부탁을 해 놓았다.

민철이 형은 오늘도 통풍이 와서 팔 다리가 퉁퉁 부었다. "아야야… 아이고 아야야…" 앓는 소리를 낸다. 항상 쾌활한 사람이 이렇게 아프다고 하니 정말 아픈가보다. 민철이 형이 아프니 내 마음도 아프다. 7시도 안됐는데 아파서 누웠다. 이곳에 있으면 아픈 게 제일 섧다.

성진이 형은 오늘 딸에게서 전화가 와서 '저 뉴스 아빠 사건 아니냐고' 묻더란다. 성진이 형님 딸이 형수님한테 이야기를 해 형수님 얼굴이 노래서 왔다고 한다. '새마을금고 대출 관련해서 안○○ 씨가 31억을 대출하면서 1억 5천을 새마을금고 상무 ○성진 씨에게 줬다.'라는 뉴스에 집안이 다 발칵 뒤집어졌다고 한다. 와! 뉴스까지… 내가 본 성진 형은 절대 나쁜 사람이 아니다. 성진 형도 혐의를 계속 부인하고 있는데 아직 결론도 안 난 사건을 저렇게 매스컴에 보도하다니… 꼭 밝혀지리라 믿는다.

2013년 3월 13일

아침에 일어나보니 민철이 형이 통풍 때문에 팔다리가 많이 부었다. 어제도 아파서 씻지를 못했는데, 오늘도 아파서 씻지 못할 것 같다고 한다. 재원 씨가 "행님, 내가 씻어줄게." 하고 나서자 "됐다." 하며 민철 형이 거절한다. "행님, 이리 오이소오." 하면서 성준 형이 솔선수범하여 머리를 씻겨준다. "행님, 머리 이리 딱 대소. 물 턴다. 머리 잘 숙이고…" 민철 형이 시원한 듯이 "아! 진짜 시원하네. 하루 안 감았는데 이리 갑갑했으니…"라며 이야기한다.

성준 형이 이번에는 머리를 말려주려 하는데 왠지 또 느낌이 웃기려 하는 것 같다. "행님, 이리 오이소오. 내가 말려줄게." 하며 이발소에서 머리를 수건으로 털듯이 터는데, 장난을 치면서 수건으로 머리만 터는 게 아니라 볼도 때린다. 귀도 수건으로 막 때린다. 지켜보던 사람이 다 한참을 웃었다.

이상하게 오늘은 모두의 연락처를 받고 싶었다. 출력 신청을 한 것이 잘하면 오늘 영선으로 가게 될지도 모르겠다는 생각이 들기 때문이리라. 아니나 다를까, 잠시 후 "정훈 씨! 출력 신청이 허가됐으니 빨리 짐 싸세요." 하고 복무부장이 말한다.

모두들 모여 다 같이 내짐을 싸 준다. 너무나 정들었던 12상 2방 식구들. 속으로 눈물이 울컥 난다. 무척이나 보고 싶을 것 같다. 만들던 주일예배용 주보는 성준 형한테 주고 주일예배를 잘 드리라고 했고, 내가 하던 새벽기도는 민철이 형이 이어서 한다고 한다. 믿어도 될지?

"열둘교회는 계속 될 것입니다. 그때 뵙시다." 작별인사를 하고 영선공장으로 발걸음을 옮겼다. 목공, 철공, 페인트, 설비, 전기, 보일러 등 각종 기술자들이 테스트를 거쳐 영선공장에 온 뒤, 구치소 내에서 자기가 맡은 일을 한다. 처음이라 서먹서먹하다. 이제부터는 영선에서의 생활이다.

2013년 3월 15일

벌써 영선에 온 지 3일이나 지났다. 처음에는 공장 분위기를 몰라 실수도 했지만 지금은 재미있다. 오늘은 사동을 수리하러 갔다 왔다. 이곳저곳 고장 난 부분, 수리할 부분을 찾아 구치소를 마음껏 다니면서 일하는 것이 아주 큰 특권인 것 같다. 2명이 한 조가 되어 사동을 막 다니니 나는 구속된 사람이 아닌 것처럼 느껴진다.

"영선!" 공장 안의 분위기는 너무도 군기가 세지만, 군기가 세지 않으면 사고가 난다는 선임의 말이 맞는 것 같다. 공구가 다 위험하고, 특히나 수용자에게 공구는 흉기가 될 수도 있기 때문이다. 처음에는 '편한 미결방에서 재판 준비나 할 것을' 하는 생각이 이틀 정도 들었는데 버텨 보려고 한다.

큰뜻교회 목사님한테서 편지가 왔는데 원망 섞인 말이 많다. 김현○ 목사님도 사람에게 상처를 많이 받은 분인 것 같다. 그것이 치유가 되어야 참 사랑의 목회자가 될 텐데, 교회를 피치 못해 떠나가는 사람을 편하게 못 보내는 것은 자신에게도 성도에게도 상처다.

영선 반장이 참 카리스마가 넘친다. 나도 저렇게 카리스마가 있어야 할 텐데… 그래, 여기서 리더십에 대해 배워 나가야겠다고 다짐했다. 영선은 규율이 철저하다. 싸늘하기조차 하다. 그래서 12상 2방이 그리울 때가 있다. 그러나 이제 내가 있어야 할 곳은 여기다. 또 이 공장에 있는 사람들이 좋아진다. 또 다른 열둘교회를 위해 기도해야지.

2013년 3월 16일

오늘은 꼭 주일 같은 토요일이다. 시설보수 영선은 매주 5일 근무다. 오늘은 매트리스를 깔고 모두 자유시간이다. 약 20평만 한 큰 방에 모두 20명! 이곳은 구치소라 장기수는 없다. 거의가 1년 내외의 형을 받은 사람들이다. 모두가 순진한 사람들인데, 그래도 군기가 나름대로 세다.

아직까지는 분위기를 파악하는 중이다. 모두가 보통 사람들은 아닌 것 같다. 그렇지. 다 개성이 있어서, 그것도 세상이 감당할 수 없는 개성이 있기에 이곳에 온 것이 아닌가? 힘들어도 도피할 수 없는 환경이다. 무서운 사람도 몇 있다. 감옥이기에 마음에 안 맞아도 해야 한다. 참아야 하고, 해야 하고, 버텨야 한다. 나도 이제 그만 나약함에서 벗어나 강인한 사람으로 거듭나야 한다. 이겨내야 한다. 그리고 나보다 힘든 사람을 위로하는 사람이 되어야겠다.

2013년 3월 17일

"아! 정훈! 니 남묘호랑게교가?" 김태우 씨가 새벽에 기도하고 있는 내 모습을 깨서 보았나보다. 소리는 내지 않는데 입은 움직이고 있으니 영락없이 남묘호랑게교를 믿는 사람처럼 보였나보다. "아니요. 기독교인입니다. 새벽에 기도했습니다."라고 답하자 여러 명이 나를 쳐다본다. 태우 형이 건너편에서 "삼가라. 새벽에 사람들 놀랜다."라고 이야기한다.

이 큰 방에서 20명이 생활을 하는데 두 쪽으로 10명씩 나뉘어 자리를 잡는다. 한쪽은 고참들이고 다른 쪽은 후임들이다. 태우 형이 내게 이야기를 하니 건너편에 있는 고참들이 다들 나를 쳐다본다. 눈치가 보이고 얼굴이 빨개진다. 대답을 못하고 있다. 그래도 새벽에 무릎을 꿇고 기도하지 않으면 내 영이 죽는 것 같아 어쩔 수 없이 징벌방을 갈 각오를 하고 기도하리라 마음먹는다.

20명이 한방에서 생활을 하다 보니 너무 혼잡하고 정신이 없다. 방바닥이 마루로 되어있어서 새벽에 주의하지 않고 다니면 쿵쿵거려서 잠을 잘 수가 없다. 누군가가 읽고 책꽂이에 꽂아둔 책, 원 형제의《하늘에 속한 사람》을 읽기 시작했는데 참 많이 위로가 되고 힘이 된다. 복음을 위해 감옥생활을 오래 한 그⋯. 나는 사업을 하다 사고를 쳐서 왔지만 그래도 나도 복음을 위해 고난을 받는 것 같은 분수에 넘치는 느낌이 들었다. 정말 그에 비하면 나는 비교조차도 할 수 없는 사람인 것 같다.

그래, 나도 복음을 전하자. 비록 죄를 짓고 왔지만, 그리 하는 것이 주님께서 기뻐하시는 일이 아닐까 하는 생각이 든다. '주님은 사업으로 탕진해 있는 나를 보시고 당분간 철창에 들어가 주님의 품에서 휴식을 취하면서 내면의 영적 생활을 가다듬도록 은혜로운 배려를 해 주신 것!'이라고 스스로를 안위하기로 했다.

이곳에 있는 사람들은 다 가정의 가장들이다. 무슨 사연들로 이곳에 오게 되었는지 모르겠지만, 가정을 책임지는 이들이 이곳으로 온 사연들은 하나같이 다 슬픈 사연들이다. 모두가 가정을 그리워하는 눈빛이 역력하다. 내 아들 태준이는 올해 초등학교에 입학했는데 입학식도 못 봤다. 학교에 잘 다니고 있을까? 아이들만 생각하면 가슴이 미어지는 것은 아빠라면 다 같을 것이다. 작은아이 딸 애영이도 잘 있겠지? 내일도 또 새벽에 일어나서 기도를 해야 한다. 아무리 누가 뭐래도 해야 한다. "주님, 새벽에 기도하는 것을 막는 자 없도록 해 주소서⋯."

2013년 3월 19일 화요일

점심식사를 마친 출력수들은 대운동장에서 40분간 운동을 마음 껏 한다. "자! 여러분. 운동할 때 너무 무리하게 해서 다치는 사고 일어나지 않도록 합시다. 알았죠?" "네!" 무슨 유치원도 아니고, 복무주임이 운동 시간에 너무 무리하지 말라고 주의를 준다. 그런데 가만히 보니, 이곳에 있는 사람들은 다 뼈가 많이 약해진 상태이다. 그래서 조금만 충격을 가해도 금방 뼈가 부러진다고 한다. 영양 있는 음식이 아니고 그저 배만 채우는 음식이라 영양소를 제대로 공급받지 못하기 때문일 것이다. 항상 조심해야 한다.

대운동장을 돌고 있으니 강연팔 씨가 옆에 와서 내게 말을 건다.

"정훈이! 인테리어 사업을 좀 튼실하게 하고 하지. 무조건 남한테 다 퍼주니까 적자가 나고 그러다가 결제도 못하고… 그건 진짜 바보 행동이다. 일단, 가족 걱정 너무 하지 말고 건강하게 잘 버텨라. 공소금액이 얼마야? 아? 2억? 음… 피해자가 많다고 했지? 음… 합의는? 안된다고…? 1년 6월은 나오겠는데."

"아! 예, 행님. 그 정도까지 나옵니꺼? 저는 일부러 그런 것도 아닌데…"

"경제사범은 무조건 액수에 따라 나온다. 일 년에 1억 정도 보면 된다."

연팔 형은 냉정하게 말을 했지만 오히려 마음을 잡을 수 있을 것 같다. 강연팔 형은 음주운전을 하다 단속에 걸렸는데, 측정을 거부하고 도주해서 2년을 받았다 한다. 다른 사람한테 들으니 도주를 막는 경찰관을 끌고 도망을 갔다고 하는데, 뉴스에도 나왔다고 한다. 그도 건축업자인데 사업은 정말 잘했던 모양이다. 어쨌든 이렇게 큰 대운동장에서 실컷 맑은 공기를 마실 수 있어서 매우 좋다.

2013년 3월 21일

벌써 영선에 온지 일주일이 넘었다. 이제 분위기가 익혀지는 것 같지만 아직도 낯선 것이 많다. 나보다 2일 먼저 온 재곤이 형은 영선의 요주의 인물로 찍혔다. 코고는 소리가 탱크다. 나보다 더 선임이지만 코고는 소리로 모든 이를 힘들게 해서 아직도 맨 끝자리로 밀려나 있다. 그렇게 심하게 코를 골면서 본인은 잠을 잘 잔다. 때로는 한참 골다가 조용할 때가 있는데 그때는 무호흡증으로 호흡을 하지 못하는 때이다. 저러다가 큰일 나겠다는 생각도 드는데, 그러다 또 갑자기 천둥치는 소리를 낸다.

20명이 아침에 한꺼번에 기상해서 씻으려면 한 사람에게 주어진 시간은 고작 3분이다. 때로는 후임들이 새벽에 조용히 먼저 일어나 씻고 기다리기도 한다. 화장실에서 변을 볼 때가 가장 힘들다. 기다리는 사람이 많아서 오래 앉아 있을 수가 없다. 그래서 변비에 걸리려 한다. 눈치가 보여 제대로 볼 수 없다. 어제는 변을 보는데 피똥을 쌌다. 너무 오래 못 누어서 그런지 굳어진 게 겨우 나오는데 너무 아팠다.

2013년 3월 23일 토요일

"사동보수!"

목수 테스트를 거쳐 목공 일을 해야 하는데 지금은 사동보수 일을 하고 있다. '사동보수'라 함은 각 사동을 다니면서 수리를 해주는 파트를 말한다. 여러 가지 조심해야 할 것이 많다. 공구와 못을 들고 다니기에 못 하나라도 흘리거나 잃어버리면 징벌이다. 못으로 수용자가 무슨 일을 할지 모르기 때문이다.

1-2관구, 3-4관구. 각 관구는 6개의 동이 있다. 1동에서 6동은 1-2관구, 7동에서 12동은 3-4관구에 속한다. 각동은 2개 층으로 되어있고 한 층에 약 17개의 방이 있는데, 정말 각 사동을 다니면서 보면 한마디로 닭장 같다. 닭장에 사람이 갇혀있다. 1동에서 12동까지 오전, 오후로 나누어서 미리 신청되어진 작업계획대로 작업을 하러 다닌다.

"아저씨! 여기 못 하나 주면 안됩니꺼?" 이렇게 말하는 사람이 많다. 못을 주었다가는 큰일 난다. 공구도 수용자들의 손이 닿지 않는 곳에 놓아야 한다. 아는 사람들이 한둘 보인다. 재판을 같이 받으러

갔던 사람, 접견장에서 안면을 익힌 사람 등… 그래도 말을 할 수는 없다. 통방*** 은 금지다.

드디어 12상층으로 간다. 내가 있었던 12상 2방을 지나는데 "훈아!", "훈아!" 몇 번을 부른다. 그러나 눈인사만 할뿐 이야기는 할 수 없다. 그리운 12상 2방 사람들, 그리고 열둘교회 성도들… 눈물이 핑 돈다. 12상층에 있는 사람들이 나를 알아보고 웅성웅성 시끄럽다. "어, 저사람 2방에 있던 사람 아이가?", "아니 우째 된 겁니꺼? 언제 영선으로 갔어예?" 등. "2주 됐어예" 하고 짧게 대답한다. "정훈 씨! 할 만 해요?" 12상 복무부장이 말을 건다. "예, 할 만 합니다." 12상 복무부장이 참 착한 사람이다. 친절하게 대해주고 우리에게 필요한 것을 많이 도와주곤 했다.

아마 사동보수 일은 오늘까지 할 것 같다. 어제 금요일, 목공에서 일하는 한 사람이 손을 다쳐서 당분간 그 사람은 의료사동에서 쉬어야 할 것 같다고 한다. 그래서 다음 주부터는 목공으로 들어가서 일을 해야 할 것 같다. 그래, 내가 잘하는 목공 일을 해야지. 마음이 설렌다. 나무 냄새가 그립다.

내일모레는 심리인데 어떻게 될지… 주님께서 어떻게 인도하실지? 이제는 영치금도 없다. 영치품도 넣어주는 사람이 없어서 눈치가 보이고, 얻어먹는 것도 자존심이 상한다. 큰뜻교회 목사님이 분명히 옥바라지를 잘 해주신다고 했는데… 실망이 되고 외롭고 서글픈 맘이 든다. 무슨 사정이 있겠지?

*** **通房**: 교도소나 유치장 따위에서, 이웃한 감방의 수감자끼리 암호로 의사를 통함.

방에 있으니 "정훈 씨! 접견!"이라는 소리가 들린다. 접견장에서 기다리고 있으니 이곳저곳에서 조폭들이 서로 인사를 한다. "행님, 식사하셨습니까? 행님." 하면서 90도 인사를 하는 것이다. 하여튼 저들은 만났다 하면 밥 먹었느냐는 이야기뿐이다. 목욕을 할 때 보았는데 저들은 온몸에 문신이 있다. 때로는 섬찟하다. 그래. 이곳은 감옥이다. 인생의 제일 낮고 험한 곳.

접견대기실 앞에 있는 모니터가 접견 순서와 방 번호를 알려준다. "딩동" 하는 소리와 함께 여자목소리가 들린다. 컴퓨터로 합성한 음같다. "다음 순서 접견 안내입니다. 다음 순서는 15회차, 15회차입니다. 15회차 접견인은 안내에 따라 입장하시기 바랍니다."라는 소리가 들리면 배정받은 방 번호를 찾아서 간다.

집사람과 아이들이 왔다. 아이들이 아빠를 보고 너무 좋아한다. 아이들을 이곳에 데리고 와도 될지? 하는 걱정이 들지만 애들을 맡길 곳이 없다. 아내도 웃는다. 웃는 얼굴이 매우 예쁜 아내는 어떻게 사는지. 해준 것이 없고 돈 한 푼 주고 오지 못해서 마음이 많이 아프다. 정말 아내한테 큰 죄를 짓는 것 같다.

2013년 3월 25일 월요일

벌써 3월도 다 지나가고 있다. 이곳 ○○ △△구치소에도 벚꽃이 자유를 그리는 우리의 마음을 대변하듯 너무나 아름답게 피고 있다. 오늘부터 본격적으로 목공 일을 하니 기분이 좋다. 나무 냄새, 촉감, 나무의 느낌… 역시 난 목수인가 보다.

오늘은 참 많이 바빴다. 벌써 저녁 8시가 되었다. 방안에 옹기종기 모여앉아 있는데 TV를 보는 사람, 잠자는 사람, 책 읽는 사람 그리고 빳빳한 과자종이로 카드를 만들어서 카드를 치는 사람들까지 다양하게 각자의 시간을 보내고 있다. 카드를 치는데 시끄럽다. 초코파이를 걸고 내기를 한다. 나름 재미가 있나보다. 함성도 난다.

2013년 3월 27일

　오늘부터 영선공장에서 공장 청소 업무를 배정받았다. 2번 화장실 청소. 열심히 청소를 했는데도 워낙 낡은 건물이라 지적사항이 있었다. 내 생각에는 정말 아무것도 아닌데… 그래, 이런 사소한 것에도 최선을 다하는 것을 배우리라.

　"훈아!! 이건 니가 하면 안 된다." 그냥 공장에서 쓰는 꼬인 호스를 풀려고 했던 것인데, 이곳은 자기 일이 아닌 것에 손을 대는 것이 엄금이다. 눈에 보인다고 해서 함부로 아무 것이나 내 마음대로 청소도 못한다. 자신의 일들이 세부적으로 다 짜여있다.

　나보다 2일 먼저 온 영수 형은 목공 일이든 무슨 일이든 다 건성이다. 나만 그렇게 느끼는 것이 아니고 모두 그렇게 생각한다.

　"훈아. 밥 마이 묵고 그냥 대충대충 좀 해라. 뭐 아쉬워서 그리 열심히 하노? 월급을 주나, 집에를 빨리 보내주나? 대충 해라. 알았나?"

그래도 왠지 밉지 않은 형이다. 말투가 너무 거칠고 함부로 말하지만 말이다. 내 성격에 아무리 징역살이라지만 대충 할 수는 없는 노릇이다.

"행님. 여기 타카 몇 방 박을까예?"
"응. 4개씩만 박아라."

목공조장인 태우 형이 말한다. 태우 형은 손주들도 있는 60세가 거의 다 된 어르신인데 그냥 이곳에서는 행님이라고 부른다. 이제는 새벽에 기도하는 것도 용인해 준다.

"태우 행님. 정훈이 좀 사동보수에 데리고 갔다올게에. 지금 같이 갈 사람이 없어요."

또 목공 일을 하다 말고 사동보수에 간다. 종명 씨와 명환 형을 따라 1동 화장실 천장 공사를 하는데 이건 뭐 완전 날림 중에 생날림이다. 대충 목을 박고 실리콘을 떡칠한다. 웬만한 사동보수 일을 실리콘으로 처리를 다 해 버린다. 대충! 그리고 신속! 이것이 사동보수의 슬로건이다.

같이 간 교도관도 "야, 빨리 대충하고 가자. 뭐 천년만년 살 것도 아닌데. 아직 멀었나? 빨리 하고 가자. 정훈이 니는 아직 1심도 안 끝났다면서 미결에서 편하게 있지, 뭐 하러 왔노?"라고 한다. 그 말을 들으니 내가 괜히 올라와서 고생하는가 하는 생각이 든다. "못 같은 것은 잘 챙겼재? 못 콱 삼킨다." 재소자들이 집에 가고 싶어서 간혹 못을 삼킨다고 한다. 사동보수 일은 일하면서 공구도 감시해야 하고 신경이 이만저만 쓰이는 게 아니다.

"주임이 물어보더라. 훈이가 목공 일을 차고 할 수 있을지?"
"훈이는 열심히 하는데 영수는 영… 농땡이나 치고 뺀질뺀질 한다고 했다."

오늘 영선주임이 태우 형한테 내가 목공 일을 잘하는지 물어본 모양이다. 아직 온지 얼마 되지 않았지만 나는 열심히 하려고 하는데, 정말 영수 형은 도움이 안 된다. 오히려 일에 걸리적거리기만 한다. 차라리 영수 형 도움 없이 혼자서 일하는 게 편하기까지 하다. 혼자서 일을 하니 영수 형은 외톨이가 돼서 목공에 들어오지도 않고 밖으로 나돈다. 그래. 이것도 나의 교만함이 드러나는 순간이었다. 회개했다. "주님, 저의 교만함을 고쳐주시옵소서."

"훈아! 이리 와봐라. 니 신발 몇 문 신노?"
"265입니더!"
"자, 이거 신어봐라."

관호 형이 참 남달리 많은 것을 챙겨준다. 같은 크리스천이고, 나름 기도도 하고 성경도 읽는 것 같다. 이곳은 다른 곳과 달리 형제애가 많다. 양말도 몇 켤레, 사물함에 아무도 모르게 누군가가 넣어두었다. 고마웠다. 처음엔 낯설고 설운 곳이었는데, 마음이 짠하다.

세상과 판사와 검사와 피해자들은 우리를 죽일 놈이라고 욕하고 손가락질을 한다. 공소장 내용을 보면 '편취의 목적으로…'라는 문구가 꼭 들어간다. 돈을 안 갚거나 못 갚으면 무조건 편취의 목적이다. 그게 들어가야 사기죄가 성립이 되나보다.

그러나 지금 이곳에서 우리는 서로 동병상련의 동지애를 느끼고 서로를 위해 준다. 그 사람이 무슨 죄를 지었든지 이해해 준다. 누가 이런 곳에 오고 싶어서 일부러 죄짓는 사람이 있을까? 모두들 무슨 죄를 지었든 간에 다들 너무나 불쌍한 사람들로 밖에 안 보인다. 우리는 서로를 정죄하지 않는다. 우리 입장에서는 피해자가 나쁜 사람이다. 때로는 이용당하고 이곳에 온 것 같은 사람도 있다. 때 묻지 않는 개구쟁이들 같은 사람들 말이다.

영태 형은 많이 싱숭생숭한가 보다. 오늘 항소에서 기각을 선고받고 왔다. 커다란 눈에 슬픔이 깊다. 내 마음도 덩달아 아프다. 1심에서 꽤 많은 형량을 받은 것 같다. 이곳에 출력해 있는 사람들은 거의 대부분이 경제사범이다. 사업을 하다 부도를 맞고 돈을 갚을 길이 없어서 들어온 사람들이다. 그리고 음주운전자들이 있다. 음주는 3번 이상 걸리고 또 집행유예도 있어야 구속이 되던데… 웬만하면 구속을 시키지 않기 때문에 이곳에 온 사람들은 음주벽 상태가 심하다고 보면 된다.

모두들 누워서 작은 LCD액정 TV를 본다. 드라마를 보면서 웃기도 하고 울기도 한다. 6시경에 마지막 점검을 끝내고 벌써 이불을 덮고 자는 사람도 있다. 7시 40분인데 벌써 배가 고프다. 이곳의 식단은 정말 영양가를 다 뺀, 아주 겨우 움직일 수 있을 만큼의 칼로리기에 돌아서면 배고프다. 배가 너무 고프다. 영치금도 없고 너무 배가 고프다.

2013년 4월 2일

오늘은 모래가 한 팔레트 왔다. 목공인 나도 삽을 들고 나가 거들어 주어야 한다. "훈아! 니 진짜 삽질 마이 안 해봤재! … 진짜 니 삽질한다!" 목수가 삽질을 잘 하면 얼마나 잘 하겠나? 너무 힘들어서 땀범벅이다. "훈아, 너무 무리하지 마라… 그렇게 한다고 돈 주는 것도 아니다."

그렇게 힘들게 모래를 거두어 올리고 목공실로 들어가려 하니 이번엔 랭가벽돌이 왔다. 목수가 목수가 아니다. 짬이 안 돼서 오만가지를 해야 한다. 랭가벽돌을 나르고 다시 목공으로 가려 하니 이번에는 합판이 왔다. 합판을 또 100여 장을 나르고 나니 기운이 다 빠진다. 오늘은 목공실에서 거의 일을 못하고 이일 저일 정신없이 하느라 시간이 다 지나갔다.

28명! 영선 사람들의 얼굴에는 피로감이 모두 자욱하다. 얼굴엔 짜증과 스트레스가 끼여 있다. 오늘 영선 일은 너무 정신없었지만, 모두 땀 흘려 일 하는 중에 왠지 모를 끈끈함이 생겼다. 이제 천 년 같았던 하루가 지나간다. 마지막 취침라디오 방송이 9시에 나온다.

"수용자 여러분 오늘 하루도 수고 많았습니다. 이불을 펴고 잠자리에 드시길 바랍니다."라는 안내방송 뒤에 음악이 흘러나온다.

"훈아 오늘도 수고 많았다." 내 스스로에게 용기를 줘야겠다. "주님, 오늘도 주님의 은혜에 감사합니다." 너무 피곤하여서 글도 잘 안 써진다. "지희야. 태준아. 애영아. 잘자⋯." "주님! 우리 아이들, 제 아내 지켜주소서⋯" 지금은 아무 기약 없는 나날이지만 희망을 버리지 말자. 힘내자, 훈아. 파이팅!

2013년 4월 5일 금요일

오늘도 하루가 훈련이다. 나에게 주어진 일을 그 시간 안에만 하면 된다는 생각은 온 데 간 데 없고, 이일 저일 하고 있으면 갑자기 또 다른 일들이 막 주문이 들어온다. 원채 이곳 ○○구치소 건물이 낡아서 손볼 곳이, 그리고 만들 게 한두 가지가 아니다. 덕분에 이곳 영선은 한마디로 돛대기 인력 시장이다. 정신이 없는 정도를 넘어서 사람의 혼을 빼놓는다.

도대체 무슨 일부터 하라는 건지… 이것을 하고 있으면 저것이 급하다고 하고, 저것을 하니 또 다른 주임이나 계장이 와서 다른 것도 급하다고 한다. 또 상수리도 하루에 대략 10개씩은 해야 하고 이것 잘라달라, 저것 만들어달라, 주임님 호출에다 다른 작업장 출장 수리까지…. 와! 정말 사람 인내심의 한계를 시험하는 것 같다. 목공에 온지 한 달이 다 되어가는데 그야말로 슈퍼맨이 되어야 하는가?

내 성격에 그냥 넘길 수도 없고 반드시 그 시간에 해 주어야 하기에 톱 다이를 돌렸다가 루타를 쳤다가 나무를 잘라주었다가 구멍을 팠다가…. 만들고, 부수고, 닦고 손이 안보이도록 땀을 흘려 일을 하니 "훈이 절마 저거는 미쳤다. 왜 저렇게 열심히 일 하노? 뭐 어디가 나?" 하고 남의 속도 모르고 영수 형이 또 옆에서 잔소리를 한다. "훈아! 니 일마! 너무 열심히 일하면 나는 우째 되노? 대충하고 살자." 하는데, 동생 같으면 면박을 줄 텐데 손주까지 있는 연배의 사람이라 그냥 참는다.

"행님! 그냥 내가 다 알아서 할 테니 그냥 편하게 계시소오." 아무런 도움이 안 되고 오히려 힘을 빼는 영수 형을 보고 그렇게 말을 한다. 가구를 짤 때 타카못을 치는데 영수 형이 타카를 치는 것에 타카핀이 다 비집고 튀어 나온다. 튀어나온 타카핀을 뽑고 본드를 닦고 다시 조립을 하니 일이 두 배다. 화나지만 참는다. 그래도 저녁에 거실에서는 나에게 먹을 것을 많이 챙겨준다. "훈아 마이 무라. 묵는 것도 없이 그래 일을 열심히 하고, 또 저녁에는 공부하고 니도 참… 작작해라. 이 쎄 빠질 놈아!"

얼마 전부터 저녁에는 아내가 넣어준 히브리어 문법책을 보고 있다. 독학을 하려니 너무 힘들고 내용도 잘 모르겠지만 여러 번 본다면 될 것 같아 아무것도 모르고 이해도 안 되지만 일단은 읽고 있다. 글자가 정말 희한하게 생겼는데 열심히 하면 원어로 성경을 읽을 수 있다는 부푼 꿈을 안고 한번 해보려 한다…. 저녁에 겨우 2시간밖에 못하는 것이 안타깝다. 옆에선 TV소리가 한창인데, 나는 책을 펴고 공부한다. 방에는 저녁에 아무도 공부하는 사람이 없다. 혼자 생뚱맞다.

2013년 4월 7일

이불을 깔고 눕자 예전의 내 모습이 생각났다. 너무도 규모 없이 살아왔던 삶! 꿈은 있는데 능력이 부족하면서 과하게 욕심을 내던 모습. 많은 실패와 그리고 이곳에 와서야 깨닫는 내 모습. 아내에게 정말 미안하다.

○○구치소뿐 아니라 전국 구치소에 얼마나 많은 재소자들이 있을까? 얼마나 많은 가장들이 가정에서 떨어져 본의 아니게 책임을 다하지 못하고 있는가? 이런 곳도 열심히 일을 하면 조금이라도 가정에 보탬이 될 수 있는 시스템이 있다면 얼마나 좋을까? 라는 생각을 해본다.

- 각종 공산품 생산 및 납품. 가구 생산. 농산품 재배
- 사회에서의 인건비의 30% 정도 지급. 즉, 한 50만 원선이면 될 것 같다. 이곳에서의 50만 원은 밖에서 300만 원보다 더 값어치가 있다. 만약 집에 50만 원이라도 송금할 수 있다면 대부분의 재소자들이 죽자고 일할 것이다.

- 출소자들에게 직업 교육의 기회 제공
- 출소자들에게 사업 자금 및 생활비 대출
- 철저한 신앙심으로 무장시킴
- 각종 악기 레슨(기타, 피아노, 색소폰, 드럼, 일렉트로닉, 베이스 등)
- 후원 없이도 자생할 수 있어야 한다.
- 부가가치가 높은 제품을 생산해야 하겠지
- 대기업과 협력관계를 맺어야 하고
- 수익금으로 재단 및 기금을 설립하여 불우한 재소자 및 가족들을 도움

대강 이런 생각들을 해본다. 이곳에 이렇게 무의미하게 있는 것과 자력갱생의 시간을 허비하는 것보다 낫지 않을까? 어차피 사회와 단절을 되는 것은 마찬가지인데…. 이런 저런 생각을 해본다. 좋은 사업 아이템이기도 한 것 같다.

2013년 4월 10일

어제와 오늘도 정말 열심히 목공 일을 했다. '구매'에서 급하게 요청한 일이 있어서 점심을 먹자마자, 모두들 쉬는 시간인데 목공실에서 제재 톱을 돌려 톱밥가루를 날리면서 합판을 30장 재단해 주었다. 그러자 고참들이 시끄럽다고, 너는 왜 그렇게 설치냐고 난리다. 일이 있으면 쉬지 못하는 성격에 내 스스로도 참 피곤하다. 그러나 일이 밀리게 되면 더 힘들어질 수 있기에 욕을 하든 어떻든 일을 했다.

재단을 한 합판을 리어카에 실어서 갖다 주니, 구매주임이 고맙다고 난리다. "와! 진짜 빨리 해오시네요. 감사합니다. 저것 좀 실어서 가져가세요. 아! ○○야, 이분들 이것 좀 실어드려라. 빨리."라며 선물을 한가득 리어카에 실어준다. 재고로 남는 과자, 음료수, 빵 등…. 재단한 합판을 가득 실은 리어카를 끌고 같이 갈 때까지만 해도 영수 형은 나보고 왜 설치냐고 가면서 잔소리를 했다. 그런데 막상 선물을 한가득 실어서 영선공장에 가져오니, 꼭 자기가 말을 잘해서 받은 것처럼 영선 식구들에게 이야기한다. "구매 주임한테 내가 힘들게 일했으니 맛있는 것 좀 달라고 했다 아이가?" 그런 기회주의적인? 모습도 귀엽다.

여하튼 급한 일이었는데 재단한 합판이 하나도 치수가 틀리지 않아 다행이다. 그 많은 합판의 치수가 1cm라도 틀리면 합판 30장은 버리게 되기에…. 모든 일을 끝내고 11시쯤, 수사 접견이 왔다. 이곳에 '수접'이 뜨면 너무 상심이 된다. 아직 병합 건이 많이 남아있는 것은 알고는 있었지만, 막상 영선식구들 보기 미안하다. 나처럼 1심도 받지 않고 출력한 사람들이 없기에…. 새시 공사대금 140만 원 고소건….

오후에 또 수사 접견이 왔다. 서울 성신여대 먹자골목에서 같이 기독 카페 사업을 했던 최동수 목사님 수사 건이다. 오후에 목사님이 직접 구치소 수사 접견실로 들어오셨는데, 무릎 꿇고 사죄를 해도 냉담하다. "정훈이 너, 내가 가만 두나 봐라. 꼭 5년은 콩밥을 먹게 해 줄 거야. 내가 너 때문에 얼마나 힘들었는지 알아?" 하면서 아주 죽여버릴 것 같이 닦달한다. 그것도 수번이 붙어있는 수형자 옷을 입고 있는 사람한테…. 같이 온 수사관도 목사님이라는 분의 행동에 많이 당황하는 눈치다.

수사 접견실을 나가는데 왜 그리 눈물이 앞을 가리는지. 정말 지구같이 무거운 삶의 무게가 나를 짓누르고, 과연 내가 이곳에서 얼마나 있어야 하는지 기약도 없어서… 만일 혼자 있었다면 목을 매고 죽었을 지도 모른다. 철저하게 깨지고 부서지고 낮아지는 순간이다.

수접을 하루에 2차례나 갔다 오니, 복만이가 농담 삼아 말한다.

"우리 영선에 거물이 왔네요. 훈이 형님은 사기도 크게 치고 왔나 보네요." 철없이 말하는 복만이의 말이 밉지는 않지만 너무 민망하기도 하다.

2013년 4월 19일

'탐바구'라고 들어보았는지 모르겠다. 구치소에서 쓰는 바가지 같이 생긴 플라스틱 용기를 말하는데, 우리에겐 식사를 할 때 쓰는 중요한 용기다. 오늘 돈 많은 영수 형이 훈제 닭 30마리를 구매에서 '즉구'하여 선심을 쓴다. 즉구는 바깥에서 사용되는 '직구'가 아니라 즉석구매의 준말이다. 원래 구매 신청을 하면 2~3일 있다가 구매품을 수령할 수 있는데, 가끔 이렇게 즉구를 출력자에게 허용을 해서 즉시로 구매할 때가 있다. 한 20만 원은 썼을 것 같다.

철공 산소용접기로 훈제 닭과 함께 각 출력장에 한 달에 한번 나오는 라면으로 영선 식구들끼리 끓여 먹는다. 산소 용접기로 큰 배식기에다 물을 끓이고 라면과 훈제 닭을 넣고, 미리 취사장에서 받아놓은 파와 양파, 고추 등을 썰어 넣어 끓이니 맛이 일품이다. 이런 음식은 정말 이곳에서만 맛볼 수 있는 별미다. '○○구치소 영선 산소용접기표 훈제 닭 라면!' 모두들 게 눈 감추듯 처리한다.

우리 영선은 구치소 내의 구석구석 모든 부분을 수리한다. 설비, 전기, 목공, 페인트, 사동보수, 보일러 등 건물에 관한 한 모두 이곳을 경유한다. 나는 목공! 이곳에 필요한 각종 가구 제작, 문짝 수리, 리모델링 공사, 사동 밥상수리 등 ○○구치소 내에서 나무로 하는 것은 이곳 목공에서 다 만든다. 예수님도 목수셨다는데, 나도 목수 일이 좋다.

영수 형이 맨날 하는 소리가 있다. "훈이 저거는 나무만 보면 미친다." 하루 종일 나무 가루를 들이마셔도 그것이 좋다. 다른 사람은 톱밥가루 먼지 때문에 목공실에 안 들어오려고 하지만 나는 이상하게 나무 냄새가 너무 좋다.

목공 조장은 태우 형! 처음 영선방에서 새벽기도를 하고 있을 때 "니 남묘호랑게쿄가?"라고 했던 형인데 사람이 참 좋다. 태우 형은 마음에 여유도 있고 아무리 바빠도 항상 서두르지 않는다. 새벽에 모두 잠든 밤에 혼자 일어나 무릎 꿇고 기도하는 내 모습을 보고 처음에는 많이들 오해하고 싫어하는 사람도 있었다. "훈아! 니 새벽에 기도하는 거 자다 깨서 보면 깜짝 깜짝 놀란다. 종교 생활하는 것도 좋지만 기도할 때 조금만 내려가서 해라" 내 바로 옆에서 자는 재곤 형 역시 때때로 새벽에 깨어나 정말 깜짝 놀라서 짜증을 내며 말하곤 했다. 그러나 최선을 다하는 내 모습을 본 지금은 새벽에 기도하는 것을 영선 식구들이 다들 이해를 해준다.

기도를 하면 내 영이 힘을 얻는다. 그리고 같이 생활하는 사람들의 이름을 하나하나 부르면서 기도하니 주님께서 기뻐하시는 것을 느낄 수 있다. 나를 위한 기도보다 타인을 위한 기도를 기뻐하시는 주님! 그것을 깨닫게 해 주셨다. 4월도 지나고 이제 봄이 올 시간인데, 이곳 ○○ △△구치소는 아직도 춥다.

　같이 한방에서 생활을 하니 가족이 된다. 같이 먹고, 같이 자고, 같이 싸고? 때로는 싸우기도 하고, 때로는 같이 울어주고, 때로는 미워하기도 하고, 때로는 친구가 되기도 하고…. 별의 별 사람이 다 있는 이곳. 똑같은 사람은 한 사람도 없다. 성격, 외모, 재력, 배경 등 제각각이다. 그래도 같이 맞물려 살아가고 있다.

2013년 4월 21일

벌써 주일이다. 마음속으로 예배를 드리고, 이제는 슬퍼하지 않기로 했다. 그리고 이곳 영선에 출력한 것도 때론 힘들지만 잘된 것이라 생각을 했다. 최선을 다해 이 사람들에게 복음을 전하기로 마음먹는다. 남들이 보면 죄인이 죄인을 전도한다는 것이 우스울지 모르겠지만, 그런 거는 생각 않기로 했다. 무형의 '열둘교회'를 세우고 "땅끝까지 가서 복음을 전하라"고 말씀하신 예수님의 말씀을 따르기로 한다. 목공 일도 열심히 더 배우고, 토요일과 일요일은 열심히 공부하고. 이곳에서 주어진 삶!을 포기하지 않기로 했다. "힘내라 훈아!"

내일부터 또 무슨 일이 있을까? 수사 접견과 검찰 조사 등이 있을 거지만 결코, 우울해 하거나 의기소침해 하지 말자. 기도 많이 하고 열심히 일하고 열심히 공부하자. 이날 주님께서 내게 잔잔하게 말씀하시는 것 같았다.

"훈아! 너를 사랑한다. 네가 대학도 못나오고, 돈도 없고, 키도 크지 않고, 외모도 탁월하지 않고, 비록 사업한답시고 이곳에 수감되어 있지만 너를 사용할 것이다. 네 순수함을 사용할 것이고 네 진실함을 사용할 것이다. 네가 교만한 마음만 버린다면 네 목소리와 찬양으로 너를 사용할 것이다. 지금 구치소에 갇혀 있다고 해서 희망을 버리지 마라. 너를 훈련하고 씻고 잃어버렸던 네 신분도 회복하고 너를 사용할 것이니… 너를 미워하는 자를 내가 미워할 것이고 너를 사랑하는 자를 내가 사랑할 것이다. 훈아! 너를 내가 사랑하니 용기를 잃지 마라. 그리고 너 같은 처지에 있는 불쌍하고 길 잃은 사람들을 용서하고 품어주고 도와주어라. 훈아! 내가 너를 사랑하노라! 세상의 너무 많은 학문을 안 해도 되느니라. 오히려 그것이 너와 나를 방해하는 요소, 장애가 될 수 있는 요소가 될 수 있다. 오직 너는 나만 있으면… 내가 채워줄 수 있는 영적인 지식이 있지 않니? 너무 많은 공부는 오히려 어린아이와 같은 네 심령을 혼탁케 할 수 있다. 성경을 많이 읽어라. 거기서 내가 너와 많은 교제를 할 것이니라.”

주님께서 한 곳을 막으면 다른 곳은 열어두시는 분이셨다. 책망과 징계를 하시면 한쪽에서 싸매고 치료해 주시는 하나님. “주님 너무 감사해요. 저를 버리지는 않으셨군요….”

2013년 4월 25일 목요일

어제 검찰에 가서 조사를 받았다. 조사계장이 내 맘을 훤히 꿰뚫어 보는 것 같은 느낌이 들었다. 진정 나의 모습이 낱낱이 파헤쳐 지는 것 같아 부끄러웠다. 사람한테도 이렇게 부끄럽고 낯을 못 들겠는데 주님 앞에 가면 어떨까? 나의 이중성, 위선, 교만… 이 모든 것은 주님께서 정말 싫어하는 것인데, 그리고 무책임한 행위들, 숨겨진 것, 음란… 사울 같은 나의 모습을 주님께서 기뻐하실까? 아니면 진노를 하시고 계신 것인지도 모른다. 아니면 어떤 것인지 판단이 서질 않는다.

최동수 목사님께서 수사 접견실에 와서 "주님께서 너를 버리셨다." 고 한 이야기. 주님의 생각이 알고 싶다. 성경에 나온 글 "여호와께서 그를 버렸노라!" 하는 두려운 글. 그리고 예수님께서도 "어찌하여 나를 버리셨나이까?" 하는 뜻의 의미는 무엇일까? 지금 나는 이곳 세상의 끝인 구치소인데… 여태까지 잘못 살아온 삶! 많이도 피해 다녔다. 이곳저곳 만나는 사람마다 돈과 연결이 되고, 결국에는 돈 때문에 얽히고.

이 모든 것을 이제는 다 털고 철저하게 진심으로 회개하고 나가야 한다. 주님께서 이것을 고치시기를 원하시는 것 같았다. 그러나 "주님! 저는 주님의 공의의 채찍을 받아도 상관없지만 우리 아이들, 그리고 아내를 지켜주소서…"

2013년 4월 27일 토요일

오늘은 토요일이어서 영선공장이 쉬는 날이다. 다들 이불을 깔고 쉬고 있다. 아내가 온다고 했는데, 자꾸만 시간을 보게 된다. 오후 2시가 지나고 2시 30분, 3시, 3시 30분… 이곳은 사람들을 내 마음껏 볼 수 없기에, 연락이 안 되기에 그것이 제일 고역이고 아픔이다.

벌써 3시 50분! 오늘도 면회를 오지 않으면 3주째 못 오는 것인데, 그냥 이불을 뒤집어쓰니 나도 모르게 눈물이 하염없이 흘러내린다. 뜨거운 눈물보다 더 그리워서 가슴에 흘러내리는 아픔은 이루 말할 수 없다. 벌써 마감시간인 4시가 다되어 가고 너무 너무 섭다. 보고 싶다. 아내와 아이들….

그 순간 "정훈 씨 접견!"이라고 부르는 소리가 들렸다. 꿈인가 생신가? 내 귀를 의심할 수밖에 없었다. 오늘 마지막 면회다. 내 아이들, 아내, 그리고 처남을 보니 나도 모르게 눈물이 났다. 마음이 가난한 상태. 그 상태가 바로 이런 것이 아닐까? 모든 것을 포기한 상태. 주님께서는 더 좋은 것을 나에게만 주시는 것이 아니라 모두에게 좋은 것, 주님도 좋고 나도 겸손해지고 다른 사람도 좋은 상태, 그리고 낮은 마음, 갈급한 마음, 겸손한 마음 그런 마음을 원하시는 것이리라….

마음이 가난한 자! 그 말을 이제야 알 것 같다. 너무나 갈급해서 물 한모금만 있으면 되는 그런 상태인 것 같다. 이런 귀한 마음을 주시기 위해 이렇게 낮추시는구나 라고 생각했다. 주님께서는 내가 잘나서가 아니라 불쌍해서 사랑해주시는 것이다. 결코 잊지 말자.

2013년 4월 28일 주일

영선에 온지도 벌써 두 달이 되어간다. 후임도 몇 명 들어왔고, 방에서의 서열도 조금 위쪽으로 옮겨 갔다. 오늘 가만히 생각하니, 밖에 있을 때 주위에 참 적을 많이 만든 것 같더라는 생각이 든다. 그들을 이해하지 못하고, 내 잣대에 맞지 않으면 질책하고 나무라고, 빨리 처리해달라는 나의 지시와 잔소리들…. 용서하지 못하니 용서를 받지 못하는 것이리라. 나도 모르는 나에게 사람을 업신여기는 부분이 있었다.

좀 더 넓은 마음으로 포용해 주지 못한 것이 너무나 후회가 된다. 주님은 화해와 용서를 기뻐하시는데, 수없이 많은 사람들과의 인연 속에 내가 그들로부터 미움을 받고 배척을 받는 것은 다 내 잘못이라는 것도 깨닫는다. 나를 고소해서 나를 이곳에 보낸 그들을 미워하지 말자. 내가 그들을 미워했기에 그들도 나를 미워했으리라. 주님께서는 용서하지 못하면 용서받지 못함을 말씀하셨는데, 많이 용서하는 자가 많이 용서받으리라.

그리고 모든 이를 사랑하자. 그래야 사랑을 받으리라. 많은 사람들의 얽힘 속에 주님은 화해를, 이해를, 너그러운 마음을 원하시는 것 같다. 주님은 모두를 사랑하시는 것 같다. 모두가 화해하며 살기를 바라시는 것 같다.

내일 오전이 지나면 김태우, 서수원 두 사람이 만기방으로 간다. 목공의 태우 형은 석 달 동안 같이 일을 했었는데, 적지 않은 끈끈한 정과 의리가 생겨 참 헤어지는 게 아쉽다. 이제 오늘밤이 지나면 이별이다. "훈아! 한석철이하고 잘 해서 건강하게 나가라. 근데 한석철이가 좀 성격이 더럽다. 니가 잘해야 할 끼다." 오늘 오후에 태우 형이 말을 하는데, 석철이 형하고 사이가 좋지는 않았던 것 같다. 석철 형 역시 "훈아! 태우 씨 가면 잘 해보자. 태우 씨는 할 줄 아는 게 없었다. 목공 일을 내가 다했다 아이가?"라고 서로 욕을 한다. 둘이 나이도 비슷하고 고집도 세다. 원래 목수들이 거의가 자기 고집이 세다.

2013년 5월 8일 수요일

월요일부터 19명이던 인원이 28명으로 채워졌다. 의료사동에 전기 판넬 공사를 한다고, 자치사동에 있는 2급 출력수들을 13동으로 대거 몰아넣었다. 약 한 달 정도 공사를 해야 한다고 하는데, 안 그래도 인원이 많았는데 이제는 완전히 닭장이 따로 없다. 교도관들에게 욕을 할 뻔 했다.

아무리 죄수라지만 이건 아니다 싶은데, 그렇지만 말단주임들이 무슨 죄가 있는가? 그들도 위에서 시키는 대로 할 수밖에 없기에 싸움이 난다. "와! 시*! 이곳에서 어떻게 잡니꺼? 나는 못 잡니다." 내 후임이면서도 동갑인 동진이가 선임들한테 큰소리를 지른다. 어떻게든 28명이 생활을 해야 하기에 지금 이 순간만큼은 우리는 짐짝이다.

"아무리 죄수라지만, 죄수도 인권이 있지 않은가? 짐처럼 우리도 포개어서 살게 할 것인가?"라는 생각에 울화통이 터진다. 앞으로 어떻게 생활해야 할지 조금 막막하다.

2013년 5월 29일 수요일

한 달 걸린다던 판넬 공사가 3주 안에 끝나 그 많던 사람들이 우르르 내려갔다. 쉽지 않던 3주간의 생활이었는데, 사람이 이렇게 고생을 하고 나니 감사를 깨닫는다. 또 그 3주 동안 우리 목공은 근 100평가량 되는 구매 창고의 천정 공사를 했고, 지금은 약 12평가량 되는 의무과장실의 리모델링 공사 중이다. 벽면가베공사, 알판공사, 천정몰딩공사 등 깨끗하게 리모델링을 하니 새집에 온 것 같다.

방에서도 후임인 내게 할 일이 주어져 있다. 공장에서도 일 외에 청소배정이 되어 있고 어느 한곳 편히 쉴 곳이 없다. 제일 힘든 짬밥대라 많이 짜증이 난다. 그래도 참아야 가석방도 몇 개월 기대할 수 있다.

2013년 6월 15일 토요일

벌써 이곳 영선부에 온지도 3달이 지났다. 그동안 많은 우여곡절도 있었고 힘든 일도 많았는데, 모든 것이 하나님의 은혜로 잘 지나가고 있다. 후임들도 6명이고, 방에서도 공장에서도 배식조 일을 한다.

반장 이연우, 그는 이제 보름만 있으면 만기출소 한다. 2년이라고 했나? 경리 문동근, 그도 얼마 남지 않았다. 페인트 조장 강연팔 씨, 그는 아직 좀 남았지만 요즘 시간 날 때마다 목공실에 와서 염주 만드는 일에 꽂혀 있다. 그도 자칭 그리스도인이라고 하면서 왜 저럴까? 목공조장 석철 형은 나보고 이름을 안 부르고 맨날 "정 목사!", "정 목사!"라고 부른다. 안장수 형은 요즈음 왠지 혼자 지내는 시간이 많다. 사람들에게 따돌림을 받는 것 같은 느낌인데 무슨 사연이 있는 것 같기도 하다.

김창수 형은 영선의 자부심이 대단하다. 얼마 전 3-4관구에 책상 덮개 아크릴을 10cm나 오차가 나게 잘라주니, 관구계장이 잔소리를 해서 "야! 너는 목수가 왜 그런 기본적인 것을 못해서 영선 전체를 욕먹게 만드노?" 하며 공장에서 노발대발하니 몸 둘 바를 몰랐다.

그런데 화를 내는 것도 잠깐, 나중에 위로를 해준다.

이종명 씨는 나와 동갑이다. 나를 참 많이 위해 준다. 이영수 형은 한마디로 귀엽게 농땡이를 까는 사람이다. 욕을 얼마나 잘 하는지… 욕을 빼면 무슨 말이 될까? 이재곤 씨는 맨날 족구를 하는데 족구의 빈틈이고 하자. 그래도 남들이 뭐라 하든지 말든지 하루도 빠지지 않고 운동시간에 족구를 한다. 얼마 전 족구를 하다가 영수 형 가슴을 차서 갈빗대를 부러트리는 바람에 자술서를 썼다. 그래도 매일 족구를 한다. 참 희한한 고집이다.

그 외 복만이, 철웅이, 원종철, 뺀질거리는 김익수 씨, 동진이, 종철이, 명진이, 동철이, 준희 등 같이 생활하는 사람들이 형제들 같다.

이제 하복을 입고 일을 한다. 추울 때 왔었는데 지금은 하복을 입어도 땀을 흘리며 일을 한다. 나는 아직 1심도 선고를 받지 못했다. 병합 건이 있어서 김경희 판사님이 계속 연기를 해 주신다. 출정을 갈 때마다 "정훈 씨. 병합 건이 다 올라올 때까지 연기입니다."라고 배려해 주셔서 너무 감사했다. 병합이 안 되면 정말 골치 아프다. 각 형을 다 받는다면 장기수가 될 수 있는 케이스인데… 주님의 은혜다. 이곳에 있는 사람들을 최선을 다해 섬겨야겠다. 감옥에 갇힌 28명의 예수님!

2013년 6월 29일 토요일

담장 안에서의 시간도 빨리 간다. 구속 수감된 지 벌써 6개월째이다. 이곳에서 배울 수 있는 것 중 하나는 인내심이다. 화가 나도 참고, 한 대 쥐어박고 싶어도 참아야 한다. 화가 난다고 싸우면 바로 징벌 받고 징역이 깨져서 가석방이 없다. 이곳에 출력을 하는 가장 큰 이유는 하루라도 더 가석방 혜택을 입어서 집으로 가는 것이기 때문에 참을 수밖에 없다. 옛날의 나였으면 참지 못했을 것인데, 지금은 너무나도 인내심이 많이 는 것 같다. 그리고 나를 화나게 하고 속상하게 하는 몇 사람들이 점점 징벌을 먹거나 병동으로 가거나 하는 것을 볼 때, 내 억울함을 내가 직접 갚지 않아도 주님께서 처리하고 계신다는 게 느껴진다.

주님께서 모든 이를 위로하고 사랑하라고 하신다. 이곳 갇힌 곳이 버림받은 것이 아니라 오히려 또 하나의 이름 없는 선택이라는 생각이 들기도 한다. 아무도 알아주지 않더라도 먼저 사랑하고 희생하자. 그리 하면 그들도 사랑하고 희생하는 것을 알 수 있다. 또 주님께서 그것을 원하시는 것 같다. 이곳에서 배울 수 있는 것 중 또 하나는 희생이다. 눈치 보지 않고 솔선수범하는 몇몇 사람을 볼 때 참 배워야 하는 것 같다. 쓰레기 치우는 것에서부터 무거운 짐을 나르는 것, 때론 나도 내 일이 바빠서 외면할 때가 있는데 남들이 하기 싫어하는 것을 생색내지 않고 남모르게 하는 이가 몇 사람 있다.

난 목공이라 공장에서의 자잘한 일은 제외다. 목공이 너무 바빠서 그것을 이해해 주지만, 목공 일이 없을 때도 눈치보고 목공실에 짱박혀서 쉬고 싶을 때가 있다. 그래도 목공을 들여다보면 내가 다 보이기에 쉴 수는 없다. 그러니 그저 보든 안보든 열심히 일을 한다.

2013년 7월 17일

벌써 7월도 절반 이상이 지났다. 날씨가 무척 덥다. 가만히 있어도 땀이 흐른다. 34~35도가 족히 되지 않을까? 오늘도 얼린 작은 생수 한 병을 정량으로 지급받았다. 이곳은 당연히 냉장고가 없다. 더워도 시원한 물을 구할 수가 없다. 그래서 이곳에서는 신문지가 다용도로 쓰인다.

작은 얼음 생수병을 신문지로 잘 말아서 두면 신기하게도 이 여름에 얼린 생수병이 잘 녹지 않는다. 그렇게 신문지로 말면 서너 시간은 시원하게 물을 먹을 수 있다. 과자를 먹거나 땅콩을 먹을 때 바닥에 깔고, 밥을 먹을 때 밥상에 깔고, 먹다 남은 고추를 쌀 때, 옥수수가 정량으로 나와서 쌀 때 등등 신문지가 없으면 어떻게 생활을 할까 할 정도로 신문지는 유용하게 쓰인다. 그리 해 놓으면 잘 상하지도 않는다.

이 무더운 여름날! 시원한 냉수가 너무 그립다. "아! 시원한 물 한잔 실컷, 벌컥벌컥 마셔봤으면!" 모두가 시원한 물 한잔을 그리워한다. 좁은 방, 무더움, 불편한 화장실 사용! 그래도 적응을 해야 한다.

이곳은 나이가 많다고 해서 밖에서처럼 나이대접을 받을 수는 없다. 무조건 선임과 후임의 관계이기에 나이가 적어도 선임 대우를 깍듯이 해 주어야 한다. "징역 빨리 온 게 무슨 벼슬이가? 같은 죄수 주제에 뭐 그라노?" 이렇게 이야기 했던 사람들이 나중에 고참이 되면 더 후임의 군기를 잡는다. 그렇다. 이곳은 영선이라 위험한 공구가 너무나 많기에 질서가 잡히지 않으면 큰일 난다.

날씨가 많이 더워서 이곳 영선에는 참으로 오랜만에 일이 별로 없다. 내 수번이 근로 기준법과 병합이 되어서 198X번에서 공안수번인 602X로 바뀌었다. 참 많이 당황이 되었다. 공장에서 수번을 새로 붙이는데 "6천 번대는 김대중 대통령 같은 거물만 붙이는데?"라고 우스갯소리로 영선 담당 김현종 주임님이 말을 건다. "와! 행님 소위 국가 보안법입니꺼? 간첩입니꺼?" 복만이가 모르는지 물어본다. "야이, 임마. 근로기준법이다. 목수들 월급을 못줘서 그렇다 아이가?"라고 웃어넘긴다. 공안법에는 근로기준법도 들어간다는 것을 이제야 알았다.

8월에는 선고가 날 텐데… 익수 형이 훈이는 1년만 받을 것이라고 했다. 나도 내심 '크게 잘못한 것도 아닌데'라고 생각을 하고 1년 정도를 생각하고 있었다. 1년만 받으면 이제 몇 개월 남지 않는데…

2013년 7월 28일

어제 집사람이 일찍 면회를 왔다. 7분이라는 시간이 너무 아쉽다. 내 아들 태준이, 내 딸 애영이도 같이 왔다. 보고 싶은 우리 애들도 사랑스럽게 자라고 있는데… 튼튼하게 자라야 할 텐데 항상 애들 걱정이다. 아빠로서 자격이 없다. 아내가 미용사 실기 시험에 최종합격을 했다고 했다. 너무 기뻤다. 실기 시험이 좀 어려울 텐데 거기서 최고점으로 합격을 했다고 한다. 너무 고마웠다. 잘 살아줘서, 잘 버텨줘서… 가족들이 또 너무 보고 싶다.

작년 이맘때 전국이 태풍권에 있을 때 강원도로 놀러갔었다. 바닷가에 도착하니 태풍권은 그곳에만 없었고 너무나 깨끗하고 좋았다. 밤에 불꽃놀이도 했고 바비큐도 구워먹고, 밤바다를 뛰어다니며 놀던 그렇게 귀하던 시간들. 나에게 또 다시 그런 시간이 주어진다면 최선을 다해 아내와 아이들을 사랑하리라.

우리 애들이 너무 보고 싶다. 웃고, 같이 뒹굴고, 노래하고, 말 안 듣는다고 화내고, 울면 또 미안하다고 하면서 달래고…. 너무 너무 그날이 그립다. 남들에게는 평범한 일상인데 지금의 나에겐 이 평범한 일상이 왜 이리 먼 곳에 있는지… 또 알 수 없는 그리운 눈물이 흘러내린다.

이곳에 20여 명이 있으면 갈래갈래 편이 나누어진다. 서로 좋아하는 사람끼리 모이고 자기와 뜻과 생각이 다른 사람들을 비방하고 욕한다. 많이 아쉬운 부분이다. 운동시간에도 끼리끼리 모인다. 그리고 모여서 다른 반대파를 흉본다. 지금은 땅콩파와 연팔파, 그리고 장수파로 나뉘어져 있다. 나는 이 파도 저 파도, 양파도 대파도 아니다. 이쪽을 가면 저쪽을 욕하고 저쪽을 가면 이쪽을 욕하고. 차라리 혼자 있는 게 마음이 편하다. 왜 이런 사태가 나는 건가. 항상 편이 갈린다. 우리나라 사람만 그런가?

2013년 7월 30일 수요일

이곳의 시간도 매우 빠르고 짧은 듯하다. 벌써 7월도 다 가고 이제 내일이면 8월이다. 얼마 전 징벌방(백담사-14동) 보수를 하러 갔는데, 좁은 방에서 2명이 밝은 모습으로 반긴다. 이 무더운 날 징벌방은 선풍기도 없다. 화장실 벽과 바닥 나무가 썩고 쥐똥 냄새가 코를 찌른다.

"막 쥐가 왔다 갔다 합니더. 사람도 안 무서워 합니더. 쥐구멍 좀 막아 주소." 화장실 나무문이 너무 오래 되어 삭아서 손으로도 뜯어지고, 이곳저곳 쥐구멍이 나 있다. 참 안타까웠다. 아무리 징벌방이지만 이런 곳에 사람을 넣다니…. 이리저리로 어떻게 수리를 할까 고민하고 있는데 한마디 더 한다. "뭐, 시원한 거 대접을 하고 싶어도 보시다시피 냉장고가 없네요." 그냥 피식 웃고 만다.

"우리 방 잘 꾸며 놓았죠? 멋지죠." 하면서 한쪽 벽면을 가리키는데, 비키니 입은 여자 사진을 도배하다시피 붙여 놓았다. 징벌방에서 어떻게 이런 사진을 구했는지? 그런데 수리를 하러 갔으나 너무 나무가 삭아서 손볼 수가 없다. 대충 못만 몇 개 박아주면서 썩은 나무를 붙여주고 "도저히 오늘은 안 되겠네요. 자재를 가지고 다음에 와서 해야겠어요."라고 하니, 교도관도 새로 뜯어서 수리하는 게 맞는 것 같다고 이야기 한다.

오늘 땅콩파의 수장인 동진이가 고집을 좀 꺾었나 보다. 어제 연팔파의 대장인 강연팔 반장하고 목소리를 높여서 대판 싸웠는데, 방 분위기를 위해서 조금 양보를 하여 자신이 할 일인 쓰레기통을 제시간에 비웠다. "동진아. 웬만한 것은 좀 제발 참자." 어제 동진이와 화장실에서 이야기를 하면서 풀려고 노력한 게 결실이 있다. 동진이가 협조를 해주니 냉랭했던 방 분위기가 화기애애하다.

2013년 8월 2일

어제 오후 갑자기 영선 담당 김현종 주임님(나에게 많은 도움을 주신분이다)이 나를 불렀다. 목공실에서 나와서 주임님 앞으로 가니 대뜸 묻는 것이다.

"훈아! 독방 마루 전면 보수 2시간 만에 되나?"
"⋯⋯."

갑자기 물어서 생각을 좀 하다가 "주임님! 하루 정도는 잡아주셔야 되는데예."라고 대답했다. 아무리 작은 독방이라지만 2시간에 될지는 모른다. 우리가 이곳에서 오후에 작업을 할 수 있는 시간은 대략 2시간밖에 안 된다. 바닥을 다 뜯어야 하고, 다시 투바이로 밑을 잡아주고 다음에 마루를 깔아야 하기에. 그리고 공구 준비도 만만찮은데⋯ 하며 복잡하게 생각하고 있는데 "일단 해보고 안 되면 내일 하든지. 1시 반에 계호 올 테니 챙겨서 준비해라."라고 말한다.

이곳은 무엇이든지 시키면 해내야 한다. 그리고 필요한 공구는 내 마음대로 가지고 가는 것이 아니다. 공구내역 용지를 작성하여 공구 담당에게 내고, 허가를 받고 타서 작업을 끝내고 그대로 반납을 해야 한다. 또한 공구를 하나라도 잊어버리면 공구를 찾을 때까지 입방을 못 한다. "훈아. 공구 잊어버리지 마라. 하나라도 잊어버리면 우리 다 고생한다." 이런 고참의 잔소리를 한 500번은 들었던 것 같다.

리어카에 공구를 싣고 그 위에 투바이와 마루를 싣고 간다. 마침 또 목욕시간이라 온몸에 문신을 새긴 수용자들이 정신없이 왔다 갔다 해서 공구를 마음대로 펼칠 수가 없다. 펜치 같이 작은 공구 하나라도 슬쩍 가져갈 수 있기 때문이다. 7하 20방 안을 보니 거실 마루 한쪽이 완전히 내려앉아 있다. 이런 곳에서 어떻게 생활을 했을까? 내가 직소기로 절반 정도를 절단하고 빠루로 전체 바닥을 낑낑대고 들려고 하니, 같이 간 원종철이 자기가 하겠다고 나에게 빠루를 받아 땀을 뻘뻘 흘리면서 내려앉은 마루를 걷어낸다.

독방은 1평 정도 될까? 좁고 길다. 그 좁은 방에서 두 명이 작업을 하는 것이 쉽지 않다. 장애물도 있고 땀이 줄줄 흐른다. 작업을 하려고 타카를 연결하고 쏘는데, 갑자기 말썽이다. 타카 위의 조임 부분이 풀어져서 에어를 꽂으면 튀어나와 버리는 것이다. 타카가 고장이 나면 작업을 할 수가 없다. 육각렌치라도 있었으면 조이면 되는데…. 게다가 또 갑자기 에어호스에 구멍이 나서 막 바람이 샌다. 바람이 계속 나가니 콤푸가 쉴 새 없이 돌아간다. 어떻게 해야 할지 도저히 감이 잡히질 않고 당황이 된다.

타카 뚜껑을 다시 닫고 타카핀을 쏘는데 또 뚜껑이 팍 위로 튀어

오르고, 타카핀도 덩달아 타카에서 나와서 흩어진다. 에어는 계속 새고 콤푸는 쉴 새 없이 돌아가고, 수용자들은 시끄럽다고 난리고 모든 것이 캄캄하다. 정신을 차려야 한다. 이대로 아무것도 하지 못하고 영선공장으로 갈 수는 없다. 한번 공구를 챙겨서 오기도 쉽지 않고, 계호도 맘대로 올 수 없다. 그리고 주임님도 윗사람에게 꾸중을 들을 수 있다.

심호흡을 하면서 기도하는 마음을 가지니 주님께서 지혜를 주신다. 타카위 조임 부분을 다른 손으로 잡고 어렵게 작업을 하기 시작했다. 새는 에어호스는 콤푸를 껐다 컸다 하면서 조절을 한다. 그 힘들던 일이 잡혀져 간다. 일이 되어져 간다. 원종철이 많은 도움이 됐다. 괜히 철웅이한테 짜증을 내기도 했다. 미안했다.

시간에 늘 쫓긴다. 영선 마감 거의 1분 정도를 남겼을 때 공사를 마치고 공장에 도착했다. 항상 이곳은 일할 수 있는 여건이 열악하다. 시간도 없고, 동행계호도 부족하고, 자재 및 공구도 안 잃어버리도록 극도로 신경을 써야하고, 또 같이 간 후임들이 일머리를 모르면 일도 가르쳐 가면서 해야 한다. 그리고 더욱이 윗사람들(보안과장이나 계장들-참 그들은 말이 많다)이 요구하는 것은 공사를 하면 최고의 결과이니… 정말 미치고 환장할 노릇 아닌가? 내가 뭐 슈퍼맨인가? 그들은 말만 하면 다 되는 줄 안다. 망할 공무원들.

그래도 어떻게 하겠노? 내 성격도 남한테 안 좋은 소리 듣는 것을 되게 싫어하기에, 그래. 슈퍼맨이 되자. 이곳은 그렇게 되어야 한다. 그래서 항상 내 몸만 피곤하다. 남 속도 모르고 고참들이 한소리씩을 한다. "훈아. 야! 무슨 징역에서 그렇게 열심히 일하노?" 이런 소리를 들을 때마다 내 속은 더 탄다.

오늘 깨달은 것은 항상 무슨 일을 하든 주님의 지혜를 구해야 한다는 것이다. 목수 경력 15년을 믿는 것이 아니라, 모든 상황에서 주님께 도움을 구해서 일을 해야 순조롭게 된다는 것도 알았다. 주님께서 오늘 도와 주셨다. 감사합니다. 주님.

2013년 8월 3일 토요일

재판심리가 일주일도 남지 않았다. 재판이 잘 되어야 될 텐데, 늘 마음이 불안하다. 이곳은 항상 영적인 눌림의 세력이 있다. 새벽마다 기도하면서 물리쳐야 한다.

어제는 또 오후에 원종철과 남우와 같이 마루 보수를 하러 갔다. 그곳도 마루가 다 내려앉아 있었다. 이번엔 차분하게 기도하는 마음으로, 성급하지 않게 일을 한다. 타카도 에어호스도 오전에 수리를 미리 해놓아서 현장에서 잘 해나가고 있는데, 다른 곳에서 수리를 해 달라고 난리다. 7동하는 독거실이 한 30개가 되는 것으로 알고 있다. 콤푸를 돌리고 망치질을 하니 옆방에서 난리들이다.

"행님. 와 이리 시끄럽습니꺼?"
"어. 그래. 옆방 리모델링 중이다."

방끼리 통방을 한다. 좁은 방에 혼자 있기에 독방은 외롭다. 거의 독방은 조폭들이 많다.

"목수 사장님! 여기 우리도 바퀴벌레 구멍 좀 메꿔주이소. 어제 바퀴벌레가 나왔는데, 무슨 풍뎅이 만하게 컸어예."

"예, 알겠습니다. 손봐줄께예."

그러자 또 다른 방에서 "우리도 좀 봅시더." 하고 말을 한다. "예. 알아으예."라고 대답한다.

한 평도 안 되는 작은방들이지만 그래도 화장실도 있고 TV도 있다. 마룻바닥 밑에는 약 50cm 정도의 빈 공간이 있다. 그 공간들 사이로 습기와 곰팡이 및 벌레들이 나무를 갉아먹고 산다. 나무가 계속 썩기에 이곳은 이런 마루 공사를 앞으로 많이 해야 할 것 같다.

오늘 오후에 다 못할 것 같은데, 아니 할 수는 있지만 입방 시간과 모든 주위 상황을 고려해야 한다. 바닥을 다 깔고 구석의 몰딩을 돌리려다가, 급한 마음으로 마감을 해 주었다가 오히려 하자가 생길 수 있어서 원종철한테 이야기한다. "행님. 3시 10분입니다." 우리가 영선공장에서나 외부에서 모든 작업을 마무리 할 시간은 오후 3시다. 시간이 지났다. "도구 연장 챙기라." 마루 공사를 하면서 항상 걱정되는 것은 작은 연장이라도 혹시 마루 속에 두고 마루를 덮지 않았을까 하는 그런 생각이다. 정신이 없으면 그럴 수도 있다. 그러면 공구를 찾을 때까지 마루를 뜯어서 다시 공사를 해야 한다.

오늘 하루도 이렇게 지나간다. 땀을 흘리고 힘들지만 나는 목수 일이 좋다. 저녁에 마무리를 하고 방에 있으니 아내와 아이들 생각이 난다. "주님! 아내와 아이들을 지켜주소서…" 기도한다.

2013년 8월 7일 수요일

어제 신입 2명이 영선에 올라왔다. 무더운 여름, 한 명도 부담스러운데 두 명이나 올라오니 방 온도가 2도는 올라가는 듯하다. 이곳 징역은 추위보다 더위가 고역이다. 방 온도뿐 아니라 새로운 사람에 대한 관심의 열기도 올라가는 듯하다. 새로운 사람이 오니 반가운가? 나이는 좀 드신 분들 같은데, 이 사람들을 보니 처음 내가 이곳에 올 때가 생각난다. 벌써 5개월 전이다. 그래도 이방은 넓어서 좀 덜 덥긴 하다. 새벽은 그래도 시원한데, 낮의 뜨거운 열기가 저녁과 밤에도 수그러들지 않아 높은 온도를 붙잡고 있다. 주님께서 평안을 주셔서 감사한 마음이 든다.

아침 식사 후 한쪽에서는 설거지를 하고, 다른 한쪽에서는 가석방 이야기가 한창이다. 창수 형이 8월 15일 특사는 아닌데 가석방을 보고 간다. 그리고 종명 씨, 영재문, 경리 성근 씨, 천기환 형까지 5명이 8월에 나간다. 정말 부럽다. 어제 익수 형이 건너편 내 옆자리로 올라왔는데, 내심 시끄러운 TV 밑을 탈출해서 좋은가 보다. 지금 13동 2영선 방의 인원은 20명, 그중 나갈 사람이 3명이다. 이곳에 와서 5개월 동안 대략 10명이 만기나 가석방으로 집으로 간 것 같다.

　내일이 심리인데… 나는 아직도 1심 심리 중이다. 왠지 설렌다. 묶여서 나가지만 그래도 바깥 구경도 하고…. 훗. 우습다. 김경희 판사님한테 주님의 은혜가 임하시길 예수님의 이름으로 기도 드립니다. 아멘.

2013년 8월 8일 목요일

지금 시간은 새벽 5시다. 화장실이 급한 영수 형이 조용히 일어나 화장실로 간다. 어제는 정말 더워서 잠을 금방 잘 수 없었다. 13동 2방에 있는 20명 모두 더위에 잠을 설치는 것 같았다. 이 지역이 40년 만의 무더위라고 한다.

어제는 마루 보수 공사를 하느라 무척 땀을 많이 흘렸다. 너무 힘들어서 그런지 원종철이 내심 이제는 마루 공사를 가기를 싫어하는 눈치였고 짜증을 낸다. "훈아! 와! 좀 살살 일하자. 니 진짜 이러다가 아무도 니하고 일하러 안 간다!" 일 하러 가면 쉬지 않고 일하기에 사람들이 힘들어하는 것은 당연하다.

12상 1방… 예전에 있었던 열둘교회 바로 옆방이다. 그때 있었던 방장 외에 강력범들은 다 어디론가 가버리고 딴 사람들만 있는데, 그는 아직도 재판 중인지 이송을 가지 않고 있다. 깨끗한 나무 마루를 깔아주니 새 방이 되었다. 방장이 연신 고맙다고 인사를 한다. 살이 많이 빠져서 처음에는 못 알아볼 뻔 했다.

12상층에는 방이 14개 정도가 있는데 거의가 큰방(대방)이다. 다른 방에서도 난리다. 자기방도 새 마루로 깔아달라고 말이다. 이곳 구치소의 방 개수는 정확하게는 모르지만 약 400개 이상이 있는 것으로 안다. 여자 사동까지 포함하면 더 될 것이다. 시설이 많이 낙후되어서 마루 공사도 할 게 많다.

열둘교회, 12상 2방 성도들(?)은 다 어디론가 가버리고 없다. 집행유예로 나간 성진 형, 출소한 지운이, 민철이 형, 성지문 어르신, 취사장으로 출력을 했다가 싸움을 해서 다른 교도소로 이감을 간 재원 씨, 봉재로 출력을 해서 운동시간에 만나는 동수 형, 상고를 해서 다른 시로 간 미소 마스코트 성준 형…. 지후 씨는 일하러 가면서 가끔 다른 미결방에서 나오는 것을 보았는데, 캐나다에서 온 태우 씨의 안부가 궁금하다.

작업을 하고 나오는데 다시 방장이 연신 고맙다고 인사를 한다. 방장이 예전에는 카리스마도 있었고 조폭 세계의 큰 손이었는데 오늘 보니 너무 불쌍하게 보인다. 이런 곳에 있으면 모두 이렇게 불쌍하게 보인다. 그 사람이 무슨 죄를 지었든지 간에.

2013년 8월 9일 금요일

어제 드디어 결심을 받았다. 검사구형이 3년! 8월 27일이 선고 날이다. 떨린다. 아내와 아이들 생각이 간절하다. 선고가 어떻게 될지… 이제는 주님께 맡기기로 한다. 1년만 받으면 얼마나 좋을까? 내 욕심일까?

판사님이 마지막으로 할 말이 있느냐고 물었을 때 그만 또 울음보가 터져 나왔다. 흐느끼면서 말을 하니 얼굴이 온통 눈물, 콧물로 뒤범벅이 된다. 나는 참 눈물도 많은 울보다. 우는데 뱃속 깊숙한 곳에서 흐느낌이, 너무나도 서러운 눈물이 흘러나왔다. 6개월 동안 사건 병합을 하느라 마음고생이 참 많았다. 수사 접견이니 검찰 출정이니… 안 그래도 흰머리가 많은 내가 이제는 신경을 쓰느라 점점 더 백발이 되어가는 것 같다. 오늘 또 한주간의 마지막 날인 금요일인데, 이 무더운 날 영선에서는 할 일도 많다. 그래도 노는 것보다 낫다. 시간도 잘 가고 보람도 있다.

익수 형한테 좀 미안한 맘이 든다. 하도 뺀질거리면서 일을 안 하려고 하기에 차갑게 대했었는데, 나보고 1년밖에 안 나올 거라고 달

래준다. 동진이도 이제 또 친근히 느껴진다. 내 바로 밑이 익수 형, 그 다음이 동진인데 참 고집이 세고 자기 마음대로 해서 방 분위기를 해치기에 나름 차갑게 대했었다. 그것도 미안하다. 그러면 안 되겠다. 감싸야겠다.

그래도 이 힘든 징역 생활에 주님께서 함께 하셔서 몸은 힘들지만 마음은 항상 평안하니 감사하다. 오늘도 땀 꽤나 흘리겠지? 이 더위에 탈진은 되지 않아야 될 텐데. 그리고 짜증내는 버릇을 고쳐야겠다.

2013년 8월 10일 토요일

벌써 8월도 1/3이 지났다. 이곳의 온도가 35도가 되었다. 날씨가 왜 이렇게 더운지, 비가 안 온지 꽤 오래 된 것 같다. 얼마 전 병동 작업차 같이 동행한 김현종 주임이 "훈아. 몇 십 년 만의 가뭄이란다. 걱정이다."라고 말했다. 비가 안 오는 것은 나라가 기도를 안 해서 그런 것이 아닌가 생각이 든다.

샤워를 할 때는 그때뿐이다. 13동 2방에는 선풍기가 7대인데, 밤새도록 돌려도 더워서 잠을 뒤척인다. 그래도 나는 잠은 잘 잔다. 피곤해서. 이곳 구치소에도 아이스크림을 구매할 수 있다. 종류가 2~3가지이고, 시키는 날도 한정되어 있고, 2~3일 후에 나오지만 자그마한 행복을 느끼기에 충분하다. 그리고 매주 토요일에는 작은 얼린 생수도 정량으로 나온다. 냉장고가 없어서 금방 녹아내리지만 시원한 생수가 그야말로 생명의 물이 된다. 작은 것이 행복한 곳이 바로 이곳이다.

검사 구형을 받고 나니 마음이 차라리 홀가분하다. 주님께 맡기는 게 모든 면에서 차라리 낫다. 딴 것 생각 않고 일을 열심히 하기로 마음먹는다. 딴 사람이 보고 일에 미친 사람 같다고 한다. "훈이 절마, 저거는 나무만 보면 미친다." 영수 형이 나를 볼 때마다 하는 소리다. 어제도 마루 전면 보수 공사를 했고, 작은 방(소방)도 2시간 만에 후다닥 작업을 했다. 준희가 이제는 조공 일을 잘해 주어서 속도가 붙는다.

매주 토요일마다 아내와 애들이 면회를 온다. 오늘은 좀 이른 시각인 10시에 왔다. 7분이 너무 짧지만 귀하다. 6살 딸 애영이가 "힘내라, 힘!" "힘내라, 힘!" 하면서 입술을 꼭 다물고 팔을 올렸다 내렸다 한다. 8살 태준이가 옆에서 웃고 난리다. 두 아이들로 인해 힘을 얻는다. "오빠! 월요일에 다시 올게!" "아니야. 토요일만 와!" 그렇게 그 짧지만 너무나도 너무나도 그리운 시간이 다음 주로 미뤄진다.

명진이가 반성문을 부탁해서 써주었고, 복만이도 3통 써주었는데… 옆에서 대서소**** 하라고 난리다. 대필 비용을 받으라고 농담을 한다. 성경 이야기도 넣고 회개, 기도 등 반성문을 써주면서 그들에게 복음을 전하려고 한다. 그래도 나름 한 장, 한 장 쓰는데 에너지가 쓰인다.

TV에서 영화를 하는데 고리타분한 미국 영화다. 'Safety'라는 문구가 나오는데 원종철이 "세파트!"라고 읽어 또 한 차례 웃음이 터져나온다. "와! 행님! 세파트가 뭡니까? 세파트가?" "그럼 뭐고?" 아니, 대학에서 건축을 전공해서 건축사 자격증까지 있는 사람이…

**** 代書所: 남을 대신하여 글을 써주는 일을 영업으로 하는 곳.

" '세이프티'라고 해야지예." 이렇게 말을 나눈다. 재미있다. 20명이 한방에서 그리고 한 작업장에서 있는다는 것은 쉬운 것이 아니다. 같이 있다 보면 작은 말, 작은 행동이 계속 돌다가 큰 일, 큰 말이 되어 돌아오는 것을 알 수 있다. 사소한 말도 조심해야 한다. 이것도 훈련 중의 하나일까?

서울에서 오창, 구미, 부산, 파주, 당진… 그리고 지금 ○○구치소. 전국을 많이도 누볐다. 인테리어 사업을 한답시고 벌이고 실패하고 피하고…. 이 책이 만인에게 읽힌다면 내 치부를 적나라하게 드러내는 것이다. 정말 부끄럽다. 몇 번의 실패를 했는지.

이제는 이 모든 것을 바로 잡아서 떳떳하게 살아야 한다. 태준이가 4살 때부터 이렇게 살았다. 왜 그렇게 살 수밖에 없었는가? 한번 단추를 잘못 끼우니 모든 게 엉망이었다. 그리고 욕심 때문이었다. 그것이 죄가 되었고, 만약 이곳에 잡혀 오지 않았다면 나는 아마 스스로 삶을 포기했을지도 모른다. 많이도 엉킨 삶이었지.

오늘도 이곳 날씨가 무척 더워서 화장실 문을 2대 열었다. 강연팔 반장이 샤워할 때도 화장실 문을 열어놓으라고 하니, 희한하게 방 온도가 3~4도는 내려가는 것 같다. 키가 185cm이고 좀 엉성하게 생긴 동철이가 진지하게 "행님, 그러면 똥 눌 때도 문 열어놓고 누까요?"라고 이야기를 한다. 그러자 "……." 한참 동안 아무도 이야기를 못하다가 "야, 임마! 동철아. 니 와그라노?"라고 터져 나온다. 동철이

덕분에 또 한바탕 웃는다. "동철아, 볼일 볼 때는 문 닫아놓고 누라. 알았재." 강연팔 반장이 또박또박 이야기를 한다.

선고 날짜가 점점 가까이 다가온다. 긴장이 슬슬 된다. 과연 어떤 결과가 나올지…. 결과는 하나님 외에는 아무도 모른다.

2013년 8월 23일 금요일

명진이가 21일 항소 선고를 받고 왔다. 기각이다. 그토록 기도 좀 하라고 했건만, 성경을 읽고 사람들과 싸우지 말고, 겸손하라고 이야기 했건만… 마음이 안타깝다. 며칠 전 방에서 명진이가 해야 할 일을 이야기 하는데 내게 이렇게 이야기를 했다. "야! 니는 머리도 안 아프나? 뭐 그리 맨날 그런 것을 신경쓰노? 다음부터는 잔소리 하지 마라." 그 말을 듣고 서운한 맘이 들었다. 자기를 위해 반성문도 써주고 기도도 하는데… 방 규율에 대해 이야기 하는데 저렇게 나오니 말이다.

그리고 그날 선고를 받고 와서 하나님을 원망한다. 마음이 안타깝다. 아직도 서먹서먹하다. 말을 하고 싶지가 않다. '4년'이라는 세월이 명진이가 하나님을 진정으로 만나는 시간이 되면 좋겠는데, "에이 시*, 밖에 나가면 크게 한탕 해야겠다."라고 하는 명진이의 말이 마음에 걸린다. 그의 아내가 신앙이 좋으니 이제 아내가 그를 위해 기도를 할 것이다.

70년 만에 가뭄을 해갈하는 비가 그저께부터 내렸다. 새벽 1시.

천둥과 번개, 폭우가 내려 비가 반가웠다. 어제도 그리고 오늘도 비가 온다.

내 바로 후임인 익수 형이 또 날카롭다. 참 조급하고 예민하다. 그도 나처럼 많이 조급한 성격인 데다 반장하고 감정이 쌓인 게 있나 보다. 늘 타인을 비방한다. 참 싫다. 어제 또 신입이 2명 왔다. 젊은 사람 둘인데 이곳에서 적응을 잘해야 될 텐데 하는 걱정스런 마음이 들었다.

이제 다음 주 화요일이 선고 날이다. 마음이 홀가분하기도 하고 무겁기도 하다. 나에게 붙어있는 위선과 교만의 덩어리가 이제 좀 떨어졌을까? 나도 타인을 판단하고 정죄하는 못된 습성을 완전히 없애야 할 텐데. 사랑의 성품을 온전히 가진 사람이 되기를 바라며…

2013년 8월 30일 금요일

8월 27일 화요일… 그날은… 너무 캄캄한 날이었다. 세상에 덩그 렇게 혼자 남겨진 느낌이었다. 아무도, 그 누구도… 아니… 하나님께 버림받은 느낌이었다. 세상에서 버려져도 충분히 감당이 되지만, 하 나님한테 버림받은 느낌은 너무나 캄캄한 암흑이었다.

징역 2년! 1심 선고가 드디어 떨어졌다. 김경희 판사님이 너무나 친절하게 대해주어서 좀 봐줄 줄 알았는데 2년을 선고 받았다. 나에 겐 너무나 큰 실형이다. 많이 나와 봐야 1년 6개월로 생각했었는데, 어떻게 해야 할지 모르겠다. 솔직히 줄이라도 있으면 목을 달고 싶 은 심정이다.

2년 동안 어떻게 이곳에 있는다는 말인가? 나만 바라보고 살았던 아내는? 애들은? 어떻게 한단 말인가? 재판을 받느라고 6개월은 영 선 출력을 해서 그럭저럭 지냈는데, 집에는 아무 돈도 없고 아내를 돕는 사람도 아무도 없을 텐데… 너무도 견디기가 힘들다. 어떤 알 수 없는 족쇄가 나를 꼼짝 못하게 묶는 것 같은 느낌이다. 2년 동안 어떻게 할까? 그렇게 3일을 끙끙 앓았다. 그날은 결코 잊을 수 없는 날이다.

28일 수요일 오후, 아내가 애들을 데리고 면회를 왔다. 아내도 내심 힘들어하는 것 같은 느낌이 들었다. 태준이가 면회 하면서 떠드니까 태준이 머리를 세게 때린다. 태준이가 주눅이 드는 모습을 보니 더 마음이 아프다. 슬프다. 너무 아프다. 어떻게 할 수 있을까? 아내와 애들을 위해 내가 할 수 있는 것은 과연 무엇인가?

잘 이겨낼 수 있어야 할 텐데…

힘들어하지 말아야 할 텐데….

2013년 9월 13일

"안전수칙 시작!"

"하나, 기계 취급자 외는 취급을 엄금한다."

"하나, 기계조자 시에는 준비를 잘하고 작업의 안전에 만전에 만전을 기한다."

"하나…."

아침과 오후에 작업 전 안전수칙 열 가지 정도를 복창하고 작업을 한다. 항상 이곳은 사고의 위험이 도사리고 있다. 공구가 많기에 어디에서 사고가 터질지 아무도 모른다. 그래도 아직까지 큰일은 없었는데, 다른 교도소에서는 싸우면서 공구로 사람을 가격한 일이 있었다고 한다. 갇혀 있는 상황이라 사람들이 많이들 예민해져 있어서 그런 것 같다.

점심식사를 하고 난 뒤에는 운동장에서 약 40분간의 운동시간을 준다. "자, 운동할 때 너무 무리해서 하지 말고 다치지 않도록 합시다." 항상 교도관들은 사고를 우려한다. 얼마 전 영수 형과 재곤 형이 족구를 하던 도중, 재곤 형이 공을 찬다는 것이 그만 영수 형의 갈빗대를 찬 적이 있다. 영수 형의 갈비뼈 2대가 나갔다. 둘 다 관구실로 가서 자술서를 썼다. "훈아! 재곤이 절마 저거는 내 갈빗대를 뿌라놓고도 미안하다고 하지도 않는다." 영수 형은 갈비가 아픈 것보다 부러진 갈비에 신경을 쓰지 않는 재곤 형의 태도에 더 마음이 서운한가 보다. 그리고 무심한 재곤 형. 원래 좀 사람이 모든 것에 세심하지가 않다. 다행이 무리만 않으면 갈비는 잘 붙는다고 의료과에서 이야기했다.

이곳은 영양이 부실하기에 조금만 무리하거나 부딪혀도 뼈가 금방 부러진다. 혹시라도 싸움을 하다가 잘못하여 세게 때리면 큰 사고가 날 수 있다. 갇혀 있는 생활을 좀 하다보면 아무렇지도 않는 일로 서로 다투기도 하고, 사회에서는 그냥 웃어넘길 수 있는 것도 갈등하기도 한다. 정말 아무것도 아닌 것에 말이다.

지금도 동진이, 익수 씨, 동철이 등은 운동장 저쪽 큰 나무 그늘에서 항상 땅콩을 까먹고 반장과 반장 패거리들을 욕하고 비방한다. 그들을 위해서 기도는 하지만 갈등의 골을 점점 더 깊어 간다. 동진이는 점점 더 고집이 세지고 있다. 동진이는 아무도 못 갈는 1년 6월 또박이다. 가석방 혜택을 기대하며 일 하는 출력수들은 함부로 싸울 수 없다. 그러나 또박이는 참을 수 없으면 싸우고, 그리해도 징벌방에 가면 그만이다. 그래서 우리는 또박이가 제일 무섭다. 무서워서 무서운 게 아니라 같이 싸우다가 징역이 깨질까봐 무섭다.

익수 씨는 동진이 옆에 붙어서 계속 반장과의 관계를 이간질 시키

고 있다. 정말 밉다. 동진이보다 익수 씨가 더 나쁘다. 이런 갈등의
골이 깊어지면 설혹 큰 싸움이 나지나 않을까 우려가 된다.

이런저런 생각을 하는 지금 이 시간은 새벽 3시 47분쯤이다. 방은
항상 환하다. 영화 〈7번방의 비밀〉에 나오는 것처럼 그렇게 형광등
에 장치를 하는 것은 그냥 영화일 뿐, 밤이고 낮이고 항상 불은 켜
져 있다. 모두가 잠든 이 시각, 잠자는 모습들이 순수하다. 그러나
잠들은 자고 있지만 마음 편히 자는 사람은 한 사람도 없다. 얼굴에
는 불안, 갈등, 가족에 대한 그리움 등이 가득하다. 잔다고 하지만
제대로 자지를 못한다. 자다가도 몇 번씩 깨고, 그렇게 이곳에서 마
음 아프게들 산다.

2년이라는 중형을 받았음에도 다행히 주님께서 은혜를 주셔서 나
는 잠은 편히 잔다. "훈이 절마 저거는 무슨 잠을 저리 잘 자노? 부
럽." 영수 형이 항상 자다가 깨서 편하게 자는 내 모습을 보고 부
러웠나 보다.

어제 신입 중 김우섭 씨가 항소 선고를 받고 왔다. 8월에서 2개월
을 깎고 와도 서운할 텐데 오히려 2개월을 더 받아왔다. 항소심에서
올려치기를 하는 경우는 거의 없는데 무슨 연고인지. 그런데 그저께
작업을 할 때, 내가 이것저것 좀 일을 시켰는데 내게 짜증을 내고
무슨 징역에서 일을 이렇게 많이 시키냐는 투로 말하기에 많이 서운
했었다. 주님께서 바로 응징을 하신 걸까? 이곳은 그렇다. 하늘과 바
로 맞닿아 있는 곳인 것 같다. 조금만 화를 내도, 싸워도 바로 주님
께서 응징하시는 것이다. 신기하다.

반대로 솔선수범하고 열심히 일하고 희생하면 또 집으로 빨리 보낸다. 그것도 신기하다. 몇 번 그런 것을 경험하고 나니, 하나님께서 이곳에 계신 것 같다. 지난 화요일 기독 집회 때 기타를 치면서 찬양인도를 하니, 설교하시는 여자 목사님께서 은혜를 받았다고 하시면서 나보고 선교사의 사명에 대해 말씀을 하셨다. 감사하다. 힘이 난다.

그리고 꼭 기억을 하자. 잊어버리지 말자. 인내하자. 사랑하자. 그런 저런 생각을 하고 있는데 바로 옆에 있는 영수 형이 계속 뒤척인다. 잠을 깊이 못자는 것 같다. 이 새벽에 그냥 눈만 감고 있는 것 같다.

2013년 9월 14일 토요일

아직도 늦더위가 남아있다. 일에 정신이 팔리면 더운 것은 모르는데, 땀을 너무 많이 흘려서 체력이 달린다. 이제 며칠만 있으면 추석인데 이번 여름은 유난히도 길다. 그래도 더위 덕에 시원한 냉수 한 잔이 고맙고, 샤워할 때 시원함도 감사하다. 이제 며칠만 있으면 추워지겠지. 이곳은 많이 추워질 것 같다.

지금은 이곳 ○○구치소 전체에 신발장 설치 작업을 하고 있다. 여태까지 신발장이 없어 모든 수용자들이 신발을 복도에 놓아야 했다. 그래서 참 보기가 안 좋았는데, 소장의 지시로 약 한 달 전 심일규 주임과 목공조장인 석철 형이 며칠 동안 사동을 돌아다니면서 실측을 하더니만 지금 □□ 교도소에서 만들어온 신발장 개수가 약 300개쯤 되는 것 같다. 영선 앞마당에 신발장이 가득이다. 각 사동에다 설치를 하려면 한 보름은 걸리지 않을까 싶다.

목공에 일은 많은데 사람이 모자라다. 목공실에 폐목재가 쌓여가고 일감들이 밀려온다. 석철 형은 착하다. 그리고 나를 참 많이 배려해주고 생각한다. 일만 보면 거의 정신병자 수준이다. 일에 대한 열정이 대단하다. 나보다 한두 수 먼저 생각한다. 평생 노가다 판에서 일하다 비록 음주로 이곳에 왔지만 배울 게 많다. "와! 니기미… 술 한잔 먹고 내가 이리 여기 있어도 되나?" 항상 이야기 하지만 내가 보기엔 현장에서 일을 하다 보니 너무나 깊이 배인 습관인 것 같다. 가끔 화를 내는 경우가 있는데 속이 상하지는 않다. "훈이 니 이눔 의 시키, 본드를 그리 많이 바르면 다 떡이 되잖아. 본드 좀 작작 치 라!" 그 때 뿐이다. 그리고 항상 나를 '정 목사'라고 부른다. 방에서 항상 성경을 읽고 새벽에 기도하니 목사님은 아닌데… 별명이 목사 라고 하니 내심 기분은 좋다.

신발장 설치를 하러 다니면서 둘 다 땀을 엄청 많이 흘린다. 신발 장을 복도에 달아주니 방안에 있는 수용자들이 너무 좋아한다. "이 렇게 깔끔하게 보이는 것을 왜 여태껏 해주지 않았을까?" 혼자 생각 해 본다. 구치소가 한결 깨끗해 보인다.

2013년 10월 4일 금요일

새벽에 홑이불 하나로는 너무 추워서 오들오들 떨면서 쪼그려 잔 것 같다. 이제 겨울 준비를 해야 할 것 같다. 내복이랑 이불 등, 오늘 공장에 두었던 이불을 빨아서 널려고 하는데 "정훈, 분류과 심사!" 라는 소리가 들렸다. 이제 형이 확정이 되어서 몇 급이 나올지 정해 진다.

분류과로 가서 이것저것 '예'와 '아니오'로 체크해 나간다. "자신을 고소한 피해자에게 보복 하고 싶은 마음이 있는가?", "마약을 한 적이 있는가?", "최근 자살을 생각한 적이 있는가?" 등등 약 100여 개의 질문인데 대충 이런 말들이다. 같이 간 사람들 중에 내가 제일 빨리 작성을 한 것 같다. 작성하는 것을 어려워하는 사람도 눈에 띈다. 2급이 나오면 여러 가지 혜택이 있다. 전화는 한 달에 3번, 접견은 한 달에 6번으로 할 수 있다. 가끔 가족만남의 기회도 있다. 분류과에서 분류심사를 하는데 꼬박 2시간이 걸렸다. 목공에 일이 많을 텐데…

아니나 다를까 "훈아 니가 없으니, 꼭 일이 더 들어온다. 난 왜 이리 항상 바쁘노?" 하며 웃는다. 오늘은 금요일, 이제 날이 추워져서 따뜻한 목욕탕으로 전체 목욕을 간다. 매주 금요일은 단체 목욕날이다.

"훈이까지 이곳 고참 자리…" 강연팔 반장이 나를 배려한다. 목욕탕에서의 자리도 서열이 정해져 있다. 벌써 이곳에서의 내 서열이 7위! 이제는 고참 축에 속한다. 7개월 만에 내 앞에 있던 20명 정도가 집으로 갔다. 이번 달에도 몇 사람 집으로 간다.

고참이 되면 책임이 많다. 후임들도 챙겨야 하고 후임보다 할 게 더 많다. 사고의 모든 책임을 져야 한다. 얼마 전 철공에서 사동 내 용접 작업을 하다가 용접봉을 놓고 왔는데, 수용자가 그것을 삼켜버리는 일이 있어서 구치소가 난리가 났다. 그런 상태에서 또 철공조가 철공 작업을 하다가 이번에도 철 파이프를 현장에 두고 와서 주임도 많이 화가 난 상태다. 철공조장인 재곤 형은 너무 정신이 없다. 재곤 형은 또 자술서를 썼고, 분위기가 냉랭하다.

이곳은 감옥이다. 사회가 아니다. 그리고 우리는 수용자이고 모든 것을 조심해야 한다. 도구 관리, 자개, 못, 피스 등 조그만 물건도 하나 같이 잘 챙겨 와야 한다. "훈아! 작업 갈 때 항상 도구 잘 챙겨야 한다. 알았나? 아니면 우리 다 징역 깨진다." 이 소리만 한 199번은 석철 형한테 들은 것 같다.

2013년 10월 9일 한글날

"아이, 행님! 한글날이 무슨 휴무입니꺼? 지금 농담하시는 겁니꺼?"

영수 형이 한글날을 쉬는 공휴일이라고 이야기하는 게 영 진심으로 들리지 않아서 큰소리로 이야기를 하니 모두가 달력을 보라고 한다. 달력을 보니 빨간색으로 되어 있다. 한글날이 공휴일이 된 게 언제부터인지… 여하튼 세종대왕께 감사하다. 한글도 만들어 주고 또 공휴일도 만들어 주어서 말이다. 공무원이 쉬는 날은 우리도 작업을 하지 않고 방에서 쉰다.

이곳에서 나는 참 공부가 잘 된다. 잡생각이 없기 때문이다. 인터넷도 없고 전화도 없고 잔소리하는 마누라도 없기에… 13동 2방에 있는 20명 중에서 공부하는 사람은 나 혼자다. 쉬는 날 다른 사람들은 잠을 자거나 TV를 주로 본다. 공부 좀 했으면 좋겠는데 말이다. 사실 이곳이 공부할 분위기는 못된다. 20명이 같이 있으니 방 분위기가 너무 어수선하다. 그래도 나는 악착같이 히브리어, 헬라어, 영어 공부를 한다. 이곳 구치소에 소음방지용 귀마개를 판다는 것을 얼마 전에야 알게 됐는데, 공부할 때 귀마개를 끼고 하니 TV 소리가 어느 정도 차단이 된다.

공부가 재미있다. 바로 옆에 있는 영수 형이 심심해하는 것 같아서 말동무도 되어주고 해야 하는데, 내게 말을 시켜도 귀마개를 끼고 있어 들을 수가 없으니 대답을 할 수 없다. "훈이 절마 저거는 저래 공부에 미치면 내하고 이야기도 안한다 아이가?" 영수 형이 늘 하는 소리다. 그러면서 출출할 때면 먹어가면서 공부하라고 간식을 살며시 챙겨준다. 고맙다. 영수 형은 재판 때 판사한테 욕을 하고 책상을 뒤엎어서 1심에서 쌩 6개월을 더 받았다. 물론 항소 때는 6개월을 다시 깎았다. 나름 돈이 많아서 비싼 변호사를 썼다 한다. "훈아, 니 나중에 목사 하면 경남 함안에 있는 내 땅 500평 니 주께. 교회 지어라." 이렇게 말하는데, 빈 소리라도 고맙다. "행님, 약속 어기면 안 됩니더. 각서 쓰입시더." 나도 같이 농담을 한다.

2013년 10월 13일

날씨가 아침저녁으로 많이 쌀쌀해졌다. 10월도 벌써 1/3이 지나서 관 이불을 2개 포개 덮어도 춥다. 밖은 추워서 따뜻한 방으로 모기가 많이 들어온다. 10일, 급수가 나왔다. 너무 고맙게 2급이 나왔다. 정말 감사했다. 3급이 나올 줄 알고 마음을 졸이고 또 비우려고 노력했었는데, 2급이 나오니 감사해서 눈물까지 나왔다.

10년 전 서울에서 치킨집을 하느라 금융권에서 대출을 했었는데, 그 대출금을 못 갚아 고소가 되어 실형 6개월을 산 것이 걸렸었는데… 너무나 다행스러웠다. 이제 2급수는 9동 자치사동으로 내려갈 수 있다. 그곳은 한방에 4명만 있어서 조용히 공부할 수 있다. 영선에서는 8명이 이곳 9동에 있다.

석철 형도 오늘 가석방 도장을 찍었다. 이제 40일만 있으면 3개월 혜택을 보고 집으로 가는 석철 형이 부럽다. 아! 나는 아직도 1년 하고도 3개월을 더 있어야 한다. 나도 가석방 혜택을 보면 1년 안에 집으로 가겠지? 지금으로서는 너무도 까마득하다.

이런저런 생각을 잊으려면 공부에 집중을 하면 된다. 그리고 미치도록 일을 하면 된다. 1년 가까이 이곳 생활을 하면서 이곳에 적응해서 시간을 알뜰하게 쓰고 있다. "훈이 형님은 참 공부 열심히 합니더. 나도 하고 싶습니더."라고 말하는 사람들에게 "그래. 이곳에서 남는 것은 공부밖에 없다. 그러니 꼭 공부해라."라고 이야기한다. 하지만 그렇게 부럽다고 이야기하던 친구들이 도통 공부하는 것을 못 봤다.

2013년 10월 24일

지금 나에게 주어지는 삶이 현재 나에겐 최선의 삶이라고 생각이 든다. 이곳은 ○○ △△구치소 9상 17방, 2급 출력수들이 있는 자치 사동이다. 날씨가 선선하고 상념에 잠기는 시간이 많은 계절이다. 밖에 있었더라면 계속 어려운 사업을 이어간다고 이쪽저쪽에서 또 돈을 끌어당기며 돌려막기를 하느라 더욱 깊은 절망 속으로 빠지고 있었을 것이다. 급한 손실을 메우려고 더 큰 손실 속으로 빠지는 현실이다.

오히려 더 잘된 것일 수도 있다. 지금은 마음이 안정되어 있고, 단지 아내와 아이들 염려에 마음이 깊이 파인다. 지금은 공부도 많이 한다. 밖에 있었더라면 공부를 할 수 있었을까? 또 다른 곳에서 되지도 않는 사업을 한답시고 더 깊은 구렁텅이에 빠지고 있지 않을는지… 오히려 이곳이 지금의 내게는 최상의 환경일는지도 모른다. 주님께서 합력하여 선을 이루시기에 말이다.

그래. 어쩌면 지금 이것이 내게 최선의 방법이었으리라. 징역 생활이 고통스럽기는 하다. 그렇다. 고통 속에서 고통을 갖고, 고통과 함께, 고통을 즐기면서 이 환경에서 최선을 다하는 고난이 진실로 사람을 새롭게 만들고 있는 것 같다. 내 육체는 아파하는데 내 영혼은 너무나 자유를 느끼고 있는 것 같다.

다시 이곳은 9상 17방, 13동 2방에서 이사 온 지 벌써 일주일이 지났다. 20명! 그 시끄러운 대가족이 있던 방에서 4명이 오붓하게 지내는 방으로 이사를 오니, 조용하고 좋다. 그래. 후훗, 여기는 강남이다. 강북에서 강남으로 이사를 왔다. 3평 정도 되는 작은 방이지만 내게는 너무 좋은 곳이다. 조그만 창문으로 시원한 바람이 들어온다. 상쾌하다.

2013년 10월 25일

뉴스를 보고 정말 놀랐다. ○○구치소에 수감된 사람이 목을 매달고 자살을 했다고 한다. 누굴까? 혹시 내가 안면이 있는 사람일까? 이곳저곳을 다니면서 마루 보수를 하기에 혹시 얼굴을 아는 사람일까 하는 생각도 든다. 얼마나 고통스러웠으면 그리 했을까? 나도 이해가 간다.

2년의 집행유예가 있는 상황에서 또 2년의 선고를 받고 4년을 살아야 하는데, 아내가 자기를 버리고 다른 남자한테 갔다는 소리를 듣고 희망을 잃어버려 그랬나 보다. 어찌 보면 4년도 금방 갈 수 있는데, 너무나 마음이 착잡하다. 이것 때문에 구치소장이 해고됐다고 하는 소문도 있고, 구치소가 난리다. 특히 목공이 타깃이다.

오전부터 관구계장이 와서 옷걸이가 너무 튼튼하다고 잡아당기면 부러지게 다시 제작을 하라고 한다. 그리고 빨래걸이를 지탱하는 삼각대에 못을 적게 박아서 쉽게 부러지게 만들라고 한다. 이곳은 그렇게 한번 사건이 지나고 나면 모든 게 다 교체가 되어야 한다. 시킨 것은 또 빨리 만들어야 하기에 목공이 제일 바쁘다. 목공에서의 일이 너무도 미치고 환장하도록 많다. '나도 확 목공에서 목을 달아버릴까? 그래야 목공에 일을 많이 안 시키겠지' 하는 실없는 생각도 잠시 해본다.

2013년 10월 27일 주일

금요일, 정만이의 선고 날이었는데 집행유예로 집에 갔다. 주님께 정말 감사했다. 기도를 정말 간절히 많이 했다. 27세의 젊고 유능하고 잘생긴 한 젊은 청년이 한순간의 실수로 전과자가 된다는 것이 너무나도 마음이 아팠다. 정말 기도를 많이 하고, 합의를 위해 정만이의 누나에게 긴급서신도 보내주었다. 그리고 판사한테 반성문도 간절하게 3통을 써 주었다. 1심 전에 어떻게 해서든지 합의를 받으라는 마음으로 말이다. 주님께서 기도 응답을 주셨다는 확신이 든다.

나가면 ○○ 수영로 교회를 꼭 나가라고 했는데, 약속을 꼭 지켰으면 좋겠다. 검사 구형 5년을 받고 집행유예로 나가기는 처음이다. 그것도 성추행과 폭행인데 합의가 되어서 집행유예로 나갔다. 정말로 감사했다. 주님의 기적이 아니면 안 될 일이다. 술 먹고 길 가던 여성을 추행하고 폭행까지 했던 일이다. 요즘 4대악이라고 해서 쉽게 나갈 수 없는 사건이다. 착한 아이였는데 술이 문제였다. 이제 집으로 가서 신앙생활을 잘 하면 좋을 텐데…

2013년 11월 3일 주일

내가 지금 있는 9상 17방은 아마 이곳 ○○구치소에서 제일 깨끗한 방이라 생각이 들 정도로 깨끗하다. 아담하다. 마루도 새로 공사를 해서 벌레도 별로 없다. 영선이 있는 방이라 그런지 옷걸이도, 거울도, 휴지걸이도 많다. 시설 보수에서 하는 모든 옵션이 갖춰져 있다.

출력사동들에서 이 방을 제일 부러워한다. "와, 아저씨. 이 방에는 없는 게 없네요." 다른 방에서 슬쩍 보고 말들을 한다. 같이 있는 종철이, 남우, 진규 그리고 나까지 4명이 있으니 좁은 느낌은 없다. 미결수들은 이런 방에 5명에서 6명까지 있다고 하니 엄두가 안 난다.

벌써 주일 저녁, TV에서는 녹화된 개그 프로그램이 방영되고 있다. 모두들 웃고 있다. 보이스피싱을 풍자한 개그 프로그램이다.

"고객님~ 해피해피 은행입니다."
"고객님. 많이 당황하셨어요?"

웃긴다. 그래도 나는 책상을 펴고 열공이다. 히브리어, 헬라어, 그

리고 영어… 공부를 하니 내 영혼은 저 높은 하늘을 고공비행하는
듯하다.

2013년 11월 7일 목요일

이곳은 9동상 근무자 책상이다. 2급수만 있는 이곳 9동상! 근무자를 대신하여 불침번을 선다. 내가 방안에 있을 때, 저 좁고 협착한 어수선하고 지저분까지 해 보이는 곳인지 몰랐을 정도로… 밖에서 안으로 들여다보니…정말 무슨 짐승의 우리같이 보인다.

9동상층은 출력수들 중에 2급수들만 있는 곳인데, 2급수라 사람들은 친절하고 착해 보이지만 감옥은 감옥이다. 밖에서 안을 보는 것과 안에서 밖을 보는 것에는 너무나도 차이가 있다. 9동상은 방이 17개가 있는데, 모두 철창문은 촘촘하고 배식구도 조그맣다. 3평 남짓한 공간에서 4명이 생활한다. 그래. 항상 TV에서 보던 감옥이 맞다. 안에 있을 때는 몰랐는데, 밖에서 보니 복도에 있는 철창문들이 나란히 보여 삭막하지 그지없다. 그래, 맞네. 이곳은 감옥이었다. 10개월 이상 있다 보니 가끔 그것을 잊어버리는 때도 있다.

지금은 저녁 8시가 다 되어간다. 이곳 근무자 책상에 있으니 정말 기분이 묘하다. 반장 강연팔 씨와 동진이는 결국 조사 수용실로 갔다. 동진이가 반장의 비리조사를 해달라고 요청했고 반장을 끌고 갔다. 반장과 동진의 감정의 골은 너무 깊어가서 결국 반장이 재판 중이던 동진이의 재판부에 처벌을 원하는 탄원서를 제출하는 일이 벌어졌다. 그것을 안 동진이는 화가 나서 반장의 비리를 투서하여 같이 조사를 받겠다고 했다. 그리하여 결국 두 사람 모두 조사 수용실로 가게 된 것이다. 이제 둘 다 영선으로 돌아오지는 못할 것 같다.

방 분위기를 해치는 두 사람이 없으니 조용하긴 한데, 둘 다 잘 돼서 더 좋은 곳으로 갔으면 좋겠다. 사실 동진이가 같이 생활하기에 너무 힘들었고 나름 나도 많이 참았는데, 몇 번을 싸울 뻔 했었다. 하지만 결국은 내가 참을 수밖에 없었다.

복도 창밖 큰 담 너머로 세상 조명이 보인다. 화려하다. 벌써 1년이 다 되어 간다. 바깥세상이 그립다. 가족도 그립다. 그런저런 생각을 하는데 "불침번! 11방입니다. 따뜻한 물 좀 부탁합니다."라는 요청이 들어왔다. 오뚜기 물이 끓었는지 모르겠다. 물 온도가 95℃ 이상이 되어서 물들을 페트병에 채워 한방 한방씩 나누어 주니 벌써 8시 반이 넘었다.

징역살이는 고달프고 외롭고 힘들지만 자그마한 것에서 느낄 수 있는 쏠쏠한 재미가 있다. 따뜻한 물 한통으로 추운 겨울을 밤새 따뜻하게 지낼 수 있으니 말이다. 아내는 미용사 시험에 합격하여 취직을 했다고 하는데 대견하다. 마음이 놓인다. "오빠, 먹고 싶은 것 있으면 말해. 넣어줄게!" 말하는 게 고맙다. "아니, 난 됐고 애들하고나 맛있는 거 먹어!"라고 답한다. 내게는 항상 아내가 아기처럼 생각된다. 복도에 여름 동안 땀 흘리며 부착했던 신발장들이 보인다. 신발장에 신발이 가지런히 꽂혀 있는 것을 보니 뿌듯하다.

그런데 철창문들의 색깔! 회색은 정말 싫은 색이다. 저 색깔은 정말 마음에 들지 않는다. 다른 산뜻한 색도 얼마든지 있을 텐데… 일부러 혐오감을 주려고 그러는 것인가?

2013년 11월 13일 수요일

어제 12일. 그래, 12라는 숫자가 좋은 거구나. 병합되지 않은 사건이 있었는데 기소가 되었다. 공소장이 와서 출정을 갔었는데, 검사가 6개월 구형을 주었었다. 어제가 선고 날짜였다. 선고를 받으러 가는 길은 추웠다. 벌써 2년이라는 형기를 구치소에서 채우고 있는데 또 실형이 주어지면 어쩌나 하는 생각에 마음속으로 울고 있었다.

"정훈 씨!" 판사님이 부른다. 예전에 내 재판을 했던 김경희 판사님이다. "정훈 씨는 이미 형을 받은 상태이고, 동종 사건이라 모든 형량을 감안해 벌금 150만 원을 선고합니다. 쾅! 쾅! 쾅!" "감사합니다. 판사님. 너무 감사합니다… 너무 감사합니다." 김경희 판사님이 내가 불쌍하게 보였는지 실형보다 벌금을 준다. 무척이나 감사했다. 아내한테는 이런 이야기를 할 수가 없었다. 나 혼자서 삭이고 있었는데, 벌금만 내면 나도 가석방 혜택을 받아 8~9월에 집으로 갈 수 있으리라. 희망이 보였다.

출정차를 타고 △△구치소에 도착한 뒤 대운동장에서 운동하는 영선 무리로 돌아오니 영수 형이 제일 먼저 묻는다. "훈아, 우째 됐노?" "예, 행님. 벌금 150만 원이랍니더." "야, 진짜 잘됐네. 내가 얼마나 신경이 쓰이는지. 정말 고맙네." 유병진 사장님도 묻는다. 그분은 나를 항상 부담스럽게 목사님이라고 부른다. "목사님! 어떻게 됐어요?" "예, 벌금 150만 원입니다." "잘 됐네요. 감사하네요."

모두들 잘됐다고 난리다. 부담스러울 정도로 관심이 과하지만 싫지는 않다. 내가 출정에서 돌아오니 운동장에서 운동을 마치고 막 공장으로 가려고 줄을 서고 있다. 오늘은 모든 타이밍이 나를 위한 것 같아 보였다. 이제 나도 집으로 돌아갈 시간이 희미하게 보이는 것 같다.

2013년 11월 16일

아침에 점검을 하는데 김현종 주임이 보인다. 어제 밤 근무를 서고 아침에 점검 당번을 한다. 영선에 내가 처음 갔을 때 영선담당주임으로서 나를 붙잡고 힘을 주셨던 분인데 지금은 다른 곳에서 근무를 한다. 영선에 출력한지 약 한 달이 되었을 때였다.

"주임님. 도저히 영선에서 있기가 힘듭니다. 재판 하랴 일 하랴 마음이 너무 무거워서 견딜 수 없습니다. 방에서 그냥 재판 준비나 했으면 좋겠습니다."

"훈아. 내려가는 것은 내가 말리지는 않는데 내려가면 네가 더 답답해서 미친다. 그러니 며칠만 더 생각을 해 봐라."

"아닙니다. 주임님. 제가 너무 힘듭니다. 재판을 받으러 왔다 갔다하니 기결수인 동료들 보기에도 민망하고 많이 힘들어요. 제발 내려 보내 주세요."

그때는 13건의 사건을 병합하느라 하루에도 수접이 두 번씩 오고,

거의 2주에 한 번씩 출정을 갈 때였기에 동료들을 보는 것이 너무 부끄러운 때였다. "훈이 행님은 와 그렇게 자주 왔다갔다 합니꺼? 뭐 검찰에 아는 사람이 있어요? 아니면 무슨 죄를 그렇게 많이 지었어요?" 하는 복만이의 말에 가슴이 아픈 때였다. 이러한 이유로 3번이나 출력거부 신청을 했는데도 부드럽게 위로를 해주며 나를 붙들어주시던 분이다. "훈아 이제 병합 다 됐재?"라며 그 많던 사건을 병합하고 마지막 재판을 받고 왔을 때 걱정해주고 진심으로 나를 생각해 주던 사람이다. 그의 마음이 진심인지 아닌지 느낄 수 있다.

교도관들은 이름 없이, 빛도 없이 우리와 같은 처지에 있는 것처럼 우리 편이 되어 우리를 위로해준다. 항상 책임감이 있다. 그들을 보며 참 많은 것을 깨닫는다. 평범한 것이 제일 비범한 것이란 것을. 평범하게 살자. 제발 욕심내지 말고, 교만하지도 말고, 하루하루 주어진 일에 최선을 다하자. "욕심이 잉태한 즉 죄를 낳고 죄가 장성한 즉 사망을 낳느니라(야보고 1:15)."

2013년 11월 23일 토요일

나에게 주어진 시간들, 이 시간들의 진정한 의미는 무엇인가? 때로는 주님께서 매몰차게 회초리를 드시고, 때로는 형언할 수 없을 만큼 부드러운 사랑을 주시고, 한쪽에서는 때리시고 한쪽에서는 싸매신다. 왜 이렇게 하실까?

내가 이토록 죄가 많은 것일까? 너무나 아플 때는 눈물이 하염없이 날 때가 있고, 또 너무나 평안을 주실 때는 세상에서 내가 제일 주님으로부터 사랑을 받는 것처럼 기쁨과 사랑을 주신다. 이런 생활들이 계속 반복되고 또 다시 깨닫지 못할 때는 반복되고… 나도 기억력이 참 닭대가리가 아닌가 싶다. 똑같은 상황이 수차례 반복되는데도 기억을 못하니 말이다. 제일 고치려고 하는 것이 교만이 아닌가 싶다. 교만이 제일 무서운 죄다.

2013년 11월 27일 수요일

오늘 드디어 목공조장인 한석철 형이 작별인사를 했다. 내일 오후에 이곳을 떠난다. 정말 열심히 일했던 사람이어서 내일부터 목공실이 텅 빈 느낌이 들지 않을까? 우려된다. 두 사람이 이곳저곳을 다니며 땀을 얼마나 흘렸는지 모른다. 그런데 이제 한 사람은 집에 간다. 한 사람이 가고 한 사람이 남는다.

이제 내가 목공조장이 되어서 이곳 구치소의 목공 일을 책임져야 한다. 뭐 그리 대단한 것도 아니지만 그래도 책임감이 막중하다. 벌써 1년이 다 되어 간다는 것이 믿기지가 않는다. 시간이 참 빠르다. 빨라도 너무 빠르다. LTE급이다.

LTE… 가끔 아침이나 저녁 점검시간에 정말 빨리 지나가면서 점검을 하는 주임이 있는데, 이름은 모르나 별명이 LTE다. 진짜 빠르다. 각방을 지나가는데 회오리바람 같이 빨리 지나간다. 생긴 것도 영화 〈스타트렉〉에서 나오는 귀가 뾰족한 사람을 닮았다. 별명이 어울린다. 빛의 속도다. 그래서 LTE다.

시간도 그렇게 빨리 지나간다. 1년이 다 되어가니 마음도 무덤덤

해진다. 빨리 집에야 가고 싶지만, 고참도 되고 하니 크게 불편한 것은 없다. 그래도 집에 빨리 가고 싶다.

9상 17방, 3평도 안 되는 곳에서 4명이 알콩달콩 지지고 볶으며 생활을 한다. 김종철, 김남우, 전진규 그리고 나! 오늘은 종철이가 분류과 면담을 갔다 와서 마음이 많이 무거운 듯, 점검이 끝나자마자 바로 이불을 펴고 이불 속으로 얼굴을 파묻는다. 각 출력장으로 출력을 하는 이유는 가석방 때문인데, 사실 그것을 기대하고 참으면서 열심히 일을 한다. 그런데 종철이는 죄질이 불량하다고 분류과에서 이야기 하면서 가석방을 거의 보지 못한다고 한다. 1년 6개월이면 평균 3개월의 가석방 혜택을 봐야 하는데, 말인즉슨 한 달도 못 볼 수가 있다고 한다.

"에이 조졌네. 우째 한 달도 못 보고… 에이 조졌네." 혼자서 이불 속에서 투덜거린다. 불특정 다수에게 피해를 입힌 보이스피싱. 언젠가 나도 대출건으로 약 100만 원 사기당한 적이 있다고 하니, 웃으면서 "행님이 어리숙해서 당한 겁니다." 한다. "혹시 그 사람이 종철이 니가 아이가?" 하고 웃는다. 종철이도 주범이 아니라 친구들끼리 사업을 한답시고 해서 투자 비슷한 것을 했는데 그것이 보이스피싱인지 처음에는 자기도 몰랐다고 한다.

"행님! 혹시 꿈에 대해 좀 압니꺼?" 그저께 갑자기 종철이가 아침에 일어나자마자 이야기를 하기에 "야 임마. 아침 일찍 꿈에 대해 이야기 하는 거 아이다." 하고 말았는데, 저녁에 들은 꿈 내용인 즉은, 종철이의 신발 몇 켤레를 누가 훔쳐가는 내용이었다. 지금에서야 꿈처럼 신발이 당장 없어서 집으로 빨리 못가는 것이라는 생각이 든다. "종철아! 참 어찌 그리 꿈이 희한하네." 오늘 분류과 면담을 다녀온 종철이한테 이야기를 한다.

오늘 오후에 갑자기 반장이 목공실로 들어오더니 "정훈이, 너 1급수 이불 알지?" 묻기에 "1급수 이불요. 아, 예."라고 하니까 "너희 방에 남우가 덮고 있지?"라고 다시 묻는다. 아무 말도 못하고 있으니 "내가 덮으려고 빨아서 창고에 짱 박아 놓았는데 이눔의 시키! 감히 반장 것을 훔쳐?" 하고 노발대발이다.

얼마 전 우리 방 남우가 반장이 덮으려고 숨겨둔 1급수 이불을 몰래 빼내서 지금 덮고 자고 있는데, 반장을 약 올리려고 일부러 그런 것인지… 남우는 반장을 너무 싫어한다. 예전에 반장하고 동진이가 조사 수용되었는데 반장은 다시 살아 돌아왔다. 오자마자 반장이 배지부터 다는 것을 보고, "저 반장이 너무 보기 싫은데 어떻게 해야 보내버리지?"라고 생각한 것 같다. 항상 남우는 그런 연구만 하는 것 같다. 1급수 이불 건은 누가 이야기를 했는지….

이곳은 비밀이 없다. 1급수가 되면 여러 가지 혜택이 많다. 가석방 우선순위, 전화, 접견, 그리고 옷 색깔이 다르다. 또 1급수 이불을 따로 준다. 대우가 좋다. 2급수에서 어느 정도 시간이 지나면 1급수 심사를 보고, 거기서 합격하면 누구나 1급수가 된다. 거의 출소할 때가 다된 사람들이 1급수를 단다.

결국 꼬리가 밟힌 남우에게 반장은 빨리 제자리에 갖다 놓으라고 했다. "에이. 오늘, 내일까지 덮고 빠이빠이다." "순진한 훈이 행님. 이제 반장으로부터 보호해야겠네." 남우가 말한다. 그래도 반장의 유도 심문에 걸려서 남우가 가져갔다고 불어버린 나를 미워하지 않아서 고맙다.

이제 겨울이다. 방바닥이 마루로 되어있어 상당히 춥다. 따뜻한 온돌이 그립다. '무단포' 1.5L 페트병에 물을 담는 것을 일컫는 말이다. 이곳 징역에서는 생소한 용어가 많다. 오뚜기 물통에서 펄펄 끓는 물을 담은 병을 두꺼운 양말에 넣으면 아침까지 따뜻한 난방기구가 된다. 그리고 추운 겨울 아침에는 그 물로 세면을 하기도 한다. 겨울에는 무단포 관리가 관건이다. 추운 겨울, 뜨끈뜨끈한 물 한 병이 겨울밤을 나게 만든다.

2013년 12월 8일 주일

언제나 그렇듯 주일마다 주님과 은밀히 드리는 예배는 진정 은혜롭다. 물론 사람이 많이 모여서 웅장하게 드리는 예배를 주님께서 기쁘게 받으실 것이다. 하지만 정말 이렇게 낮은 곳에서 주님께 홀로 드리는 예배, 이곳 갇힌 곳에서 드릴 것이라고는 정말 신령과 진정인 마음밖에 없는 곳에서 드리는 예배를 주님께서 기쁘게 받으시리라. 주님은 그런 분이시다. 아무것도 없는, 아무 보여질 것 없고 가장 가난한 자의 기도를 듣고 불쌍히 여기시는 그런 분이다.

놀랍지 않은가? 왜 주님은 가난하고 약하고 부족한, 정말 볼품없는 이들을 사랑해 주시는지? 이해를 아무리 하려 해도 되지 않는다. 아무리 이해를 하려 해도. 뭐 좀 이득이 될 만한 것은 아무것도 없는, 아무 득이 될 수 없는 그런 부족하고 못난 나를 가여워하고 어여삐 여겨주시는 걸까? 정말로 아무리 생각해도 알 수 없다. 왜일까? 왜일까? 도대체 왜? 나를… 왜? 나를….

주님이 찾으시는 것은 상한 심령이라고 했는데 가난한 마음, 겸손한 마음. 그런 나를 사랑하시는 주님. 그런 형제를 사랑할 수 있도록 하소서. 아주 조금이라도, 아주 작은 것이라도. 절대 교만해지지 않도록 도와주시옵소서. 예수님의 이름으로 기도 드립니다. 아멘.

오늘 TOEFL 책과 영어사전이 들어왔다. 오철호 목사님이 사라고 준 돈으로 구매한 것들이다. 토플은 먼저 들어오고 히브리어, 헬라어 성경과 영어책이 며칠 있다가 들어온다고 한다. 왠지 뿌듯하다. 기분이 좋다. 책을 보니 이렇게 배가 부를 수가 있나? 이곳에서 공부하는 것이 내겐 큰 기쁨이다.

지금은 ○○구치소 복도 새시 작업을 하느라 ●●교도소에서 작업팀이 왔다. 5명인데 다 장기수들이라고 한다. 제일 적은 형기가 4년이란다. 우리 영선에서 제일 긴 형기가 4년인데… 어떻게 하다가 그렇게 긴 형기를 받았을까? 10년 이상을 받고 7~8년을 그곳에서 보내야 한다니.

그 사람들은 느낌이 싸하다. 작업도 차분히 한다. 절대 서두르지 않는다. 족구도 ○○구치소에서 제일 잘하는 취장 팀과의 싸움에서도 2:0으로 완승하였고, 농구도 수준급이다. 그러나 자랑하는 모습도 없고, 서두르는 것도 없고, 힘들어 보이는 것도 없어 보인다. 아주 세상을 달관한 표정들이다. 까부는 것도 없고, 큰소리 내서 웃는 것도 없다. 우리들보다 더욱 깊고 잔잔하다. 확실히 장기수들이라는 표시가 난다.

이번 새시 공사를 약 3주간 하는데 10하 10방에서 5명이 잔다고 한다. 저들에게는 과연 면회를 오는 이가 있을까? 구치소에 있는 우리는 장난인 것 같다. 현재 우리 구치소의 모든 출력수들에게 모든 관심을 받고 있으면서도 전혀 동요하는 것이 없고, 거들먹거리지도 않고, 버릇없는 모습도 전혀 없다. 견뎌내는 저들에게 주님께서 함께 하시기를….

2013년 12월 15일 주일

　　이곳 시간은 참 빨리 가는 것 같다. 그래도 징역은 징역이다. 때로는 힘들게 생각되어질 때도 있다. 벌써 내 나이 44세, 많은 실수와 죄들…. 46세에 나가면 늦은 나이지만 신학을 공부하려 한다. 등록금과 생활비를 어찌할지 걱정과 염려는 약간 되지만 이제는 그 목표에서 흔들리지 말자. 이곳에서 나름대로 열심히 공부를 하고 있지만 잘 하고 있는지?

　　"훈이 형님. 이제 시험 한번 쳐야 하는 것 아입니꺼?" 열심히 공부한다고 TV 볼륨을 13 이상으로 못 올리게 테러?(볼륨을 올리면 바로 응징이다)를 하니, 맨날 종철이와 남우가 장난으로 이야기를 한다. 진규도 한몫 거든다. "어, 시험 쳐야 되는데…" 나는 믿는다. 전지전능하신 하나님을 믿는다. 그분은 과거도 바꿀 수 있고, 진짜 미래도 바꿀 수 있고, 현재도 바꿀 수 있는 능력자이다. 멋진 분이시다.

　　내 나름대로 꿈을 꾼다. 그 꿈이 이루어지기를. 교회를 세우고자 시간 날 때마다 도면을 그리고 디자인을 하고 있다. "열둘교회…" 나는 믿는다. 그 분은 할 수 있다는 것을. 아멘.

2013년 12월 22일 주일, 저녁 8시쯤에

벌써 2013년이 지나가고 있는 시점, 이틀 뒤면 크리스마스다. 1년이라는 시간이 이리도 빨리 지나간다. 내 모든 얽힌 실타래도 풀리고 있고, 어렵게 주어진 인생의 문제도 풀고 있다. 2013년은 정말 내 인생에서 너무 슬펐던 해이지만, 또 나름대로 주님의 사랑을 듬뿍 받는 해이기도 하다. 오늘 꿈이 생겼다. 이곳에서 나가면 이제 유학을 가고 싶다. 한국에서보다 미국에서 공부를 하고 싶다. 제대로 공부하고 싶다. 그리고 일도 해야겠지.

또, 찬양사역에 불을 붙이자. 이곳에 들어오기를 간절히 바라며 기도를 많이 했던 어쿠스틱 기타도 신우회의 정우성 주임을 통해 들어왔다. 김익수 씨는 "이곳이 징역 사는 곳인데 어떻게 기타가 들어올 수 있느냐? 꿈을 아직도 못 깬다."라고 악담을 하면서 내 마음을 아프게 했었는데 정말로 어쿠스틱 기타가 왔다. 그래, 이곳은 징역 사는 곳인데… 기적이다. 주님께서 주셨다. 기독교 집회 때 더 은혜가 된다. 기타에 앰프를 꼽고 마이크로 찬양을 하니 △△구치소에 기타 소리와 찬양이 크게 울려 퍼진다. 하나님의 찬양이 이 어두운

곳에 울러 퍼진다.

이제 목공 일도 손에 붙어서 척척 해낸다. 빨리 빨리 해내어 교도 관들도 좋아한다. 나름 실력이 있다고들 칭찬을 하지만 사실 그렇게 잘하는 것은 아니다. 그렇지만 열심히 한다. 저녁에는 공부도 열심히 한다. 히브리어 성경, 헬라어 성경, 그리고 영어까지. 사실 TV 소리 때문에 100% 집중은 안 되지만 80%는 되는 것 같다. 볼륨을 줄여주면 좋을 텐데. TV 소리가 계속 거슬린다. 공부하는 데 상당한 적이다. 나는 볼륨을 12로 하고 싶은데 남우는 잘 안 들린다면서 계속 13으로 고집한다.

잘 꼬드겨서 12로 낮춰야 하는데… 남우가 화장실에 가면 몰래 1단계를 낮춘다. 그러면 한참 있다가 남우가 고개를 갸우뚱하면서 볼륨을 확인하면 12로 되어 있다. 그러면 나를 보고 "행님! 13으로 약속을 하셨으면 지켜야지예. 계속 이리 야비하게 놀 겁니꺼?" 한다. 나는 "어! 그랬나? 나도 몰랐다. 누가 볼륨 낮추었노?" 하면서 은근슬쩍 넘긴다. "모두들 훈이 행님이 착한 사람으로 아는데 저 안경 너머의 훈이 행님의 실체를 누가 알까."라고 남우가 농담을 한다.

내일 또 월요일이 돌아온다. 미리 만들어 놓은 취사장 식당 문짝과 문 테두리를 달러 가야 한다. 목공 일은 힘들어도 너무나 재미있다. 위로 받는다. 감사하다.

2013년 12월 25일 크리스마스, 아침 7시 30분

내 생애 이렇게, 이토록 하나님과 가까워본 적은 없었던 것 같다. 이곳의 특수성일까? 모든 것이 차단된 상태이니 오직 주님만 갈급하다. 이렇게 나의 죄가, 우리 모두의 죄가 주님의 마음을 아프게 한다는 것! 이런 것을 깨닫게 된 적이 없었다. 우리가 이토록 주님의 마음을 아프게 했다는 것을 깨달은 적이 없다. 우리와 주님 사이에 이토록 많은 우리의 죄, 교만, 불순종 등이 있어 이리도 주님과의 벽이 쌓여져 있다는 것을 예전에는 정말 깨달은 적 없었다. 주님을 여태까지 너무 쉽게 생각했다는 것을 깨달은 적도 없다. 내 죄가 이렇게 많은지 절실하게 깨달을 적도 없다. 나에게 붙어있는 수많은 죄악들… 내가 이리도 주님에 대해 무지했다는 것을 깨달은 적이 예전에는 전혀 없었다. 정녕 주님을 이렇게 갈급해본 적이 전에는 없다. 히브리어, 헬라어, 영어를 이리도 열심히 공부한 적도 없다.

이제 며칠만 있으면 내 나이 45세… 늦었지만 남은 인생, 이제는 주님을 기쁘게 하고 살고 싶다. 진심으로…. 눈이 이곳에서 나빠진 것인지 안경을 껴도 작은 글씨는 잘 안 보인다. 먼 데 있는 것은 잘 보이고 작은 글씨는 안경을 벗어야 보인다. 노안이 온 것 같다. 혹시 내 작은 모습 속에서 교만함이 없었는지 다시 돌이켜 본다.

2013년 12월 28일 토요일

오늘은 내 아내 생일이다. 면회를 왔는데, 교회에서 같이 신앙생활을 하는 하준철 씨라는 분하고 같이 왔다. 나이가 좀 있으신 분인데, 우리 아이들과 아내에게 많은 도움을 준다고 한다. 어떤 사람일까? 고맙다. 주님께서 갚아주실 것이다. 생일인데 아내에게 선물을 할 수 없다. 이제 기초 수급자가 돼서 한 달에 약 40만원의 혜택이 나온다고 한다. 큰 아이 태준이와 작은 아이 애영이도 와서 재롱을 피우고 갔다. 너무나 그리운 내 아이들….

어제는 취사장의 식당에 문을 만들어 주고 왔다. 더 예쁘고 좋게 해주고 싶었는데 오전에 마무리를 못하고 오후에 다시 가야 한다고 하니 새로 온 배 주임이 아무것도 모르면서 한소리를 한다. "너는 저번에도 그렇게 작업을 하더니 또 그러네." 내가 뭘 어쨌다고, 정말 최선을 다해 뼈 빠지게 일하는데…. 배 주임은 상황을 모르는 것 같다.

정말 열심히 일을 한다. 남이 보든 안 보든 간에. 오후에 다행히 계호가 배정이 되어 취사장에 가서 예쁘게 마무리를 해주고 왔다. 주임이든 누구든, 알든 모르든 간에 열심히 한다. 그게 내 체질이다.

아직 목공 솜씨는 녹슬지 않았다. 문 테두리와 문이 딱 들어맞는다.

일을 끝내고 취사원들이 고맙다고 말해주니 모든 피로가 풀린다. 정말 고생한 보람이 있다. 이렇게 수용자끼리 위로를 한다. 이 추운 겨울에 문도 없이 밥을 먹던 취사원들이 너무 안쓰러워 보였는데, 예쁘게 문을 달아주니 정말 마음이 뿌듯했다. 이곳에서 남들이 뭐라고 욕하든 말든 열심히 일하는 이유가 이것이다.

이제 며칠만 있으면 2013년도도 지나간다. 안녕, 잘가. 아팠던 2013년도야….

2014년 1월 11일 주일

벌써 대망의 2014년도의 새해가 밝았다. 한국에서는 너무나 섧은 추억밖에 없다. 몇몇 목사님을 모시고 신앙생활을 했지만 그분들한테서 돌아오는 것은 위로 대신 정죄였다. 결국 사태가 심각해지면 버려지고, 이내 나의 존재는 그분들의 관심 밖이 되었다. 많은 사람과의 관계에서도 아픔이 많았다.

한국이 싫어졌다. 이곳에서 나가면 한국을 떠나고 싶다. 아픈 생각이 든다. 새로운 삶, 새로운 땅, 새로운 기회를 찾고 싶다. 그리고 사명 감당….

밖에 있었더라면 아직도 사업하느라 많이도 쫓기면서 살았을 텐데, 이제는 모든 것을 다 털어버릴 수 있어서 홀가분하다. 이제 다시는 사업을 하지 않으리라 다짐을 한다. 신학교에 진학을 해 목사가 돼서 내게 주어진 사명을 감당하리라 생각을 한다.

이곳 영선은 참 아무것도 아닌 것으로 말이 많다. 강연팔 반장은 이제 사람들로부터 미움을 받기 시작한다. 반장생활을 오래하다 보니 타성에 젖어서 그런지 사람들을 함부로 대한다. 그리고 자기가 교도관 계장쯤 되는 것으로 생각하는 것 같다. 주임을 함부로 대한다. 영선에 있는 자재로 자신이 필요한 것을 만든다. 위험 수준이다.

이제 날씨가 많이 추워지고 있다. 이곳은 난방이라고는 복도에 라디에이터 정도이고 방 안은 썰렁하다. 물이 많이 차갑다. 그래도 적응을 하기 위해 나는 매일 찬물로 샤워를 한다. 잠깐 하고 나면 정신도 맑아지고 개운하다.

'수다맨! 일일불─日不수다 구중생口中生 형극荊棘!'이다. 17XX. 한시도 입을 다물고 있지 못하는 전진규에게 내가 지어준 별명이다. 했던 이야기를 또 하고, 했던 이야기를 또 하고… 내가 항상 놀린다. "수다맨! 또 했던 이야기 한다!"

영선의 누구는 언제 출소하고, 누구는 가석방이 얼마가 될 것 같고, 누가 9동으로 내려올 것 같고 등 구치소 이야기부터 자신이 했던 사업 이야기, 중국 젊은 여자와 살았던 이야기까지… 그 여자 이야기를 얼마나 여러 번 했는지 '양웨이' 이름도 안 잊는다. 그 이야기들을 거의 수도 없이 반복한다.

"오늘도 레슬링 한판 할까?" 우당탕 거리며 종철이가 진규에게 장난을 걸어 4명 모두 엉키고 난리다. 옆방에서 우리 방이 제일 시끄럽다고 난리다. "그 방은 무슨 씨름시합 합니꺼?" 마룻바닥의 쿵쿵거리는 소리가 요란하다. 장난이 심하다.

강연팔 반장과 감정의 골이 깊은 남우는 내일 관구실로 가서 반장의 비리를 폭로하겠다고, 반장을 보내버리겠다고 한다. 반장한테 쌓인 게 많은가 보다. 과연 내일 일이 벌어질까? 모든 게 은혜롭게 해결되었으면 좋겠는데….

이런저런 생각을 하며 오늘도 편하고 즐겁게 하루를 보낸다. 가석방 혜택을 잘 보면 나도 8월이면 집으로 가는데…. 꿈이 있다. 목회를 하는 것. 교회는 내가 직접 지어야겠지? 도면도 그려놓았다.

2014년 1월 21일 화요일

월요일이 시작되면 한 주가 금방 지나간다. 아침에 출력을 가면 점심밥 먹고, 점심밥 먹으면 저녁이 오고, 그렇게 하루가 지나면 다시 화요일이 시작된다. 수, 목, 금요일까지 일하면 금세 토요일이 다가온다. 그리고 주일은 쉬고. 이렇게 하루를, 한 주를, 한 달을… 보내고 나니 벌써 1년을 보냈다.

9시까지 TV를 보고, 지금은 다들 잠자려고 이불 속으로 들어간다. 강연팔 반장은 징벌방으로 갔다. 남우가 반장의 비리를 관구주임한테 제출한지 2일 만에 바로 조사방으로 가서 징벌방으로 가게 된 것이다. 징벌 15일이 결정지어졌고, 이제 이곳 영선으로 다시 올 일은 없다 한다. 참, 그렇게 가는구나. 영원히 호의호식할 줄 알았는데. 이제 강 사장은 가석방 혜택을 받을 수 없다. 다른 교도소로 이감을 가게 된다. 페인트 조장을 할 때는 참 인간적이었는데, 반장 완장을 차니 너무나도 이기적이 되고 사람들을 불편하게 만들었기에 모든 이들이 싫어한 것은 사실이다. 이 추운 날 징벌방은 더 춥다. 차가운 마룻바닥에 이불을 단 두 장밖에 안준다고 하는데….

이것저것 목공 일이 많기에 피곤하지만, 한편으로는 재미있고 보람이 된다. 위안이 된다. 저녁엔 히브리어, 헬라어, 영어 공부를 하는데 때로는 존다. 그래도 공부가 너무 하고 싶다.

2014년 1월 25일 토요일

이제 제법 교도관들하고도 안면이 있다. 제법 친해서 농담을 하는 교도관들도 많지만, 언제나 보이지 않는 거리감은 있다. 그래도 죄수와 간수로 형편은 다르지만 같은 곳에서 생활하기에 동고동락 하는 동질감이 있다. 이제 몸에 익어서 이곳에서 생활하는데 큰 어려움이나 불편함이 없다. 아침에 화장실을 가는 것과 차가운 물로 샤워하는 것도 몸에 뱄다.

로고스 출판사에 편지를 보냈더니 어제 비싼 히브리어, 헬라어 사전을 보내왔다. 너무 고마웠다. 주님의 은총이다. 45,000원 짜리 비싼 사전이다. "와, 행님은 무슨 편지만 보내면 다 됩니꺼? 우리도 맥심 잡지사에 편지 좀 보내 주이소. 잡지책 좀 받아보게." 종철이가 우스갯소리로 이야기 한다. 나는 "야, 임마. 잡지책을 보내주겠나? 얼마 안 하니 사라."라고 대답을 한다. 맥심 잡지는 좀 야한 잡지다. 맨날 종철이하고 진규가 나 보고 이것저것 야한 사진을 보라고 난리다.

이곳에서 정말 열심히 일을 했다. 그러니 집도 뭔가가 풀리는 것 같다. 나라에서 주택보증을 통해 보증금 4,500만 원을 대출해 주어서 김해에 전셋집을 장만할 수 있었다. 한 달에 이자 8만 원만 내면 된다. 그전까지 원룸에서 월세를 내며 애들하고 살았는데 얼마나 힘들었을까? 아내를 고생시키는 내가 나쁜 놈이다. 목수 일도 제법 많이 늘어서 칭찬을 듣는다. 주님께 영광이다.

"주님, 감사합니다. 예수님의 이름으로 기도 드립니다. 아멘…"

2014년 2월 6일 금요일

이곳에서는 아침 기상시간에 경쾌한 음악을 들려준다. 나는 새벽에 일찍 일어나서 기도를 한 시간가량 하는데, 마치고 나면 기상시간까지 30~40분이 남는다. 다시 자리에 누웠다가 기상시간이 되면 일어난다.

기상 점호가 끝나면 바쁘다. 남우가 먼저 씻는 동안 종철이와 내가 운동을 시작한다. 보통 푸시업을 약 100개씩 하고 윗몸일으키기를 한다. 한꺼번에 하는 것이 아니라 쉬어가면서 20개씩 5회를 한다. "가슴 근육 많이 나왔재?" 또 종철이가 묻는다. 하루에 한 5번은 윗도리를 벗고 묻는다. 처음에는 "그래. 와~ 진짜 많이 나왔네."라고 칭찬을 해 주었는데, 자꾸 매일 몇 번씩 물으니 이제는 대답하기가 귀찮아서 고개만 끄덕인다. 그러면 종철이는 "저 영혼 없는 대답." 하면서 수다맨에게 묻는다. "수다맨! 내 뱃살 많이 들어갓재?" "하나도 안 들어갔다."라고 진규는 차갑게 답 한다. 그렇게 답했다고 장난으로 진규는 종철이한테 맨날 맞는다.

이곳에서는 시간을 정말 쪼개서 써야 한다. 일분일초도 허비할 겨

를이 없다. 기상과 동시에 식사, 그리고 공장으로 출력, 마치고 나면 입방, 식사, 그리고 취침. 너무도 내 시간 갖기가 힘들다. 그 속에서 알뜰하게 시간을 쪼개야 한다. 정말 어떨 때는 일초 단위로 시간을 관리할 때도 있다.

2014년 2월 8일 토요일

"아! 조졌네. 내일모레 설거지네. 조졌네, 조졌어." 요즈음 종철이가 "조졌네."라는 말을 자주 쓴다. 까딱 잘못하다가는 우리 방 유행어가 될 것 같다. 일주일씩 돌아가면서 설거지를 하니 내 차례가 오면 한 달이 지나간 것이다.

시간이 잘 간다. 이곳에 1년 넘게 있으면서 너무도 많은 잘못된 습관들을 고쳤다. 게으름이 정말 큰 악이란 것을 깨달았다. 오늘 할 일을 절대 내일로 미루지 않고 일을 하는 이 시스템에서는 부지런해질 수밖에 없다. 목공 일을 하면서 많이 더 부지런해졌다. 어떠한 복잡한 상황에서도 꼭 해야 할 일은 해야 하는 이 환경이 나를 참 부지런해지게 만들었다. 춥고 덥고 더럽고 냄새나고 구속된 이 고난 중에서도 부지런한 것, 그것이 큰 재산인 것을 깨달았다. 이제 앞으로 7~8개월여 동안 더 많은 노력을 기울여서 나를 변화시켜야겠다.

2014년 2월 10일 월요일, 흐리고 ○○에도 눈이 조금 옴

목공조장으로 일을 하다 보니 나도 모르게 교만함이 배어나오는 때가 있나보다. 겸손해야 하는데 말이다. 겸손을 배우기 위해 연단 받고 있는데, 지금 영선에서 내 목소리가 점점 커지고 있음을 느끼고 있다. 후임들에게 잔소리가 많아지고 질책도 하게 된다. 어떻게 생각하면 이곳은 위험한 영선이기에 그렇게 해야 하는 것이 맞지만, 주님께서 기뻐하시는 모습은 아닌 것 같다.

게다가 목공에서 일하는 후임들은 다 나이가 나보다 많다. 이현석 씨는 나보다 10살이 더 많은데, 목공에 들어와서 일하는 것을 무슨 소가 도살장에 끌려가는 것 같이 힘들어한다. 목공에 너무 일이 많고, 또 꼼꼼한 내 성격을 맞추기가 힘이 드나보다. 그리고 신장호 씨도 나보다 2살이 많다. 둘 다 일이 서툴다 보니 나에게 잔소리를 많이 듣는다. 어떤 때는 일을 할 줄 몰라 버벅거리는 그들에게 나는 짜증을 내고, 그들은 나로 인해 주눅이 든다.

이런 내 모습을 보고 '이건 아닌데…' 하는 생각이 들고 주님께서 정말 기뻐하지 않는 모습이라 생각이 들어 매일 회개하지만, 목공의

일이 원체 많으니 나도 모르게 또 그리 된다. 이런 모습을 주님께서 기뻐하지 않으리라. 그러지 말자. 이것은 교만이다. 고쳐야 한다. 그 사람들이 서툴더라도 기다려줄 줄 알아야 한다. 짜증내지 말고 다 그치지 말자. 이런 모습을 고치자. 정말 고치자. 주님께서 정말 기뻐하지 않으시리라.

2014년 2월 16일 주일

어제는 매주 토요일마다 면회를 오던 아내가 면회를 오지 못했다. 매주 토요일은 아내와 같이 오는 애들을 무척이나 기다리는데… 정말 눈이 빠져라 기다린다. 어제의 나는 안절부절못하는 모습이었다. 얼굴이 붉어지고, 가슴이 답답하고, 마음이 잡히지 않는다. 보고 싶은 마음도 크지만 잘 있는지 그게 더 걱정이다. 그래. 잘 있으리라 믿는다. 그저께 온 서신에서 돈이 없어 면회를 못갈 것 같다고 하기는 했는데, 그래도 너무 보고 싶다.

그제 종철이한테 갑자기 수사 접견이 왔다. 모두들 너무 놀랐다. 가석방 도장을 찍고 그것도 꼴랑 한 달 혜택을 보는데, 다음 달 말일에 나간다고 좋아했는데 덜커덕 '수접'이 와서 종철이도 얼굴이 붉어지고 많이 당황하는 기색이다. 예전에 있었던 보이스피싱 추가 사건 때문이란다. 만일 기소가 붙는다면 가석방도 취소되고, 이곳에 더 붙잡혀 있어야 한다. 종철이 말에 어머니가 절실한 기독교인이라고 하는데, 아들을 위해 기도를 많이 하겠지.

그러나 그는 아직 신앙과 담을 쌓고 있다. 이번 기회에 정녕 믿음이 생겼으면 하는 바람이다.

"종철아. 주님은 살아계시고 기도하는 자의 기도에 응답하시니 꼭 기도하자. 주님 의지하고 도와달라고 하나님께 매달리자! 알았재."
"아이, 뭐 행님. 어떻게 되겠지예."

믿음이 없고 세상 것을 더 좋아하는 종철이가 말로는 그렇게 이야기하지만 착잡하다. 중국에서, 또 어디서 많은 여자와 지냈던 이야기를 맨날 한다.

"아! 훈이 행님은 여자가 안 좋습니꺼? 그건 남자의 본성 아입니꺼?"
"야이, 인마. 나는 내 마누라 밖에 없다. 그런 소리 마라."

진짜로 그렇다. 나는 내 마누라만 생각난다. 그리고 너무 항상 그립다. 오늘 아침은 종철이를 위해서 한 끼 금식을 했다. "주님. 종철이를 불쌍히 여겨주소서."

2014년 2월 18일

날씨가 따뜻해진다. 잠을 잘 때 때로는 이불을 걷어차며 자기도 한다. 아침에 밥을 먹고, 설거지를 하고, 영선공장에 출력하기 전 약 30분의 시간이 있는데 4명이 화장실에 가려고 줄을 선다. "수다맨. 빨리 나오고! 안 그러면 방에다 신문지 깔고 싸질러 버린다." 남우가 화장실에서 볼일을 보고 있는 진규에게 한소리를 한다.

이곳은 화장실이 제일 큰 애로사항이다. 그래도 4명은 다행이다. 이전에 급수가 나오기 전인 13동에 있었을 때는 20명이 화장실 2개를 써야 했다. 때로는 변을 너무 참아 2~3일에 한 번씩 볼 때 많이 굳어서 피가 날 정도로 아프게 변을 볼 때도 있었다.

그래도 사람은 어느 환경에서도 적응을 하는가 보다. 이곳에서는 아침에 라디오를 틀어준다. 뉴스에서 경주리조트 지붕에 쌓여있는 눈 때문에 천정이 무너져서 학생들이 다치고 운명을 달리 했다는 소리를 듣고 마음이 너무 아팠다. "주님, 우리나라에 다시는 이런 일이 일어나지 않도록 도와주소서." 자꾸 이런 대형사고 이야기를 들으면 마음이 많이 무겁다.

종철이는 얼마 전 1급수가 돼서 1급수 옷으로 갈아입었는데, 바지가 너무 커서 꼭 한복바지 같았다. 어제 '세탁'에 가서 바꿔 입으니 조금 나은가 보다. "행님. 이제 좀 괜찮나? 좀 가다가 잡하나?" 외모에 참 관심이 많은 종철이가 묻는다. "아, 그래! 괜찮다 안 카나. 도대체 몇 번을 물어 보노?" 내가 귀찮아서 대답한다. 징역에서 어디 잘 보일 데가 있는지… 다른 색깔 1급수 옷이라도 똑같은 죄수복인데 말이다. "저 영혼 없는 대답." 항상 종철이가 하는 소리다.

한쪽에선 또 난리다. "진짜 167cm다." 키가 작은 진규가 자신의 키가 167이라고 뻥을 친다. 165가 겨우 될까? 생김새가 꼭 다람쥐 같이 동글동글 귀엽게 생긴 진규가 자꾸 또 거짓말을 한다. "벽에 서 봐라. 한 번 재보자." 내가 너무 기가차서 말을 한다. 진규는 나보다 한 살 위인데 그냥 반말을 한다. 영선 짬은 나보다 8개월 후임이다. "무슨 거짓말도 어느 정도껏 쳐야지, 정말 미치고 환장하겠네." 남우가 한마디 흥분해서 말한다.

진규의 별명은 하나 더 있다. 구라맨. 거짓말을 잘 쳐서 생긴 별명이다. 진규가 처음 17방에 온지 며칠 되었을까? 개그맨 정준하의 엄마가 탤런트 나문희라고 하는데, 이곳에 있는 사람들이 무슨 인터넷이 되는 것도 아니어서 알 수 있는 방법이 없었다. 결국 토요일에 면회 오는 집 사람에게 부탁해서 알아봐달라고 했다. 며칠 뒤 집사람에게 온 서신에서의 결론은 '절대 아니다. 웃기는 소리다.'였다. 그런데 몇 개월이 지난 아직도 그것을 고집하고 있는 구라맨 그리고 수다맨이다. 이곳에서 이렇게 웃으면서 시간을 보낸다.

2014년 2월 21일 금요일

구치소에 남자도 아니고 여자도 아닌 트랜스젠더가 들어왔다. "행님. 남자 사동으로 갑니꺼? 여자 사동으로 갑니꺼?" 이곳 관계자분들이 참 많이 당황하셨으리라 생각된다. "한! 스물다섯 정도에 가슴도 나왔고, 머리도 길고, 예쁘던데에." "와! 진짜로 여자보다 예쁘더라." 종철이와 진규가 사동 작업을 가다가 독방에 있는 이 트랜스젠더를 본 모양이다. "목욕을 어떻게 할까?" 등 입에 담지 못할 별별 이야기를 한다. 마약을 해서 잡혀왔다고 한다. 현재는 남자 사동 독방에 있다. 참 그 사람 인생도 어떻게 이리 기구할 수 있나?

이곳에는 약 2,000여 명의 수용자가 있다. 약 2,000여 명의 돌봐야 할 예수님이 계시다. 독방은 독방대로, 마약, 강도, 절도, 사기, 폭행, 강간 등 참 죄 이름이 이렇게나 많다.

오늘 아내가 태준이, 애영이를 데리고 면회를 왔는데 차를 사게 되었다고 한다. 레쬬! 비록 좋은 차는 아니지만 기뻤고 감사했다. 태준이와 애영이가 재롱을 피운다.

"아빠, 언제 와?"

"응…. 한 백 밤만 자면 가…."

"에이, 또 백 밤…."

태준이, 애영이가 함박 웃는다. 맨날 백 밤이다.

월요일 아내가 나라에서 지원 나온 전세금으로 이사를 한다고 하는데 기뻤다. 이사를 잘할 수 있도록 기도하자.

접견을 하고 공장으로 가니 모두 목욕을 하러 갔기에, 늦었지만 나도 한번 몸이라도 헹굴 요량으로 목욕탕으로 갔다. 그랬더니 "행님! 행님 것 다 챙겨서 왔어예." 하고 남우와 종철이가 반긴다. 내가 목욕할 용품도 같이 챙겨서 왔나보다. 고마웠다. 아내와 애들이 잘 있고, 차도 생겼고, 좀 더 넓은 집도 생겨 너무 좋았고 주님께 감사했다.

2014년 2월 22일 토요일

얼마 전 구치소장과 보안과장이 바뀌었다. 그전 보안과장은 참 사람이 무던하고 간섭을 잘 안 하는 성격이었는데 이번 보안과장은 어떨는지 모르겠다. 며칠 전 배장현 주임님이 "훈아, 지휘봉 만들 줄 아나? '나왕'이라는 나무가 있나?"라고 묻기에 "나왕으로예? 한번 찾아보께예."라고 답했다. 그래서 미송하고 나왕, 그리고 아비동으로 여러 개의 지휘봉을 만들어 드렸다. 지금 그 지휘봉을 보안과장이 뒷짐을 진 채로 들고 이곳저곳을 다니며 작업지시를 한다는 소리를 들으니 기분이 묘하다. 지휘봉 한 개, 밖에서는 얼마 하지도 않는데 꼭 이곳에서 만들어야 하나 하는 생각도 들고, 이곳에서 만든 게 맘에 들어서 그런가 하는 생각도 든다. 하여튼 깎고 다듬고 사포질 하고 정성을 들여 만드니 내가 봐도 밖에 있는 것보다 낫다.

보안과장이 바뀌고 나니 교도관들은 한창 바쁘다. 새로운 과장이 오니까 이것저것 점검할 게 많은가 보다. 덩달아 시설 보수를 담당하고 있는 영선이 제일 바쁘다. 여기 ○○ △△구치소는 생긴지 40년이 넘어서 수리하고 보수할 곳이 한두 곳이 아니다. 단지 무너지지만 않으면 된다고 생각하는 것 같다. "한 번 건물이 무너져서 몇 사람 실려 가야 새로 짓지. 그전에는 새로 안 짓는다." 교도관이 한 말인지, 누군가가 그런 말을 한 적이 있다. 땜빵 해서 쓰는 것도 한계가 있다.

새로 온 보안과장의 지시사항이 많다보니 영선이 여기저기 정신없이 바쁘다. 얼마 전에는 모든 사동 화장실에 페인트칠 할 것을 지시해서 영선 인원 거의가 동원됐다. 그래서 온 사람들의 작업복이 페인트 범벅이다. 일하는 것 티를 내는 것도 아닌데. 물론 목공도 바쁘다. 혼자서 정신 없이 바쁘다. 일할 줄 아는 사람이 없기에. 신장호 씨와 이현석 씨는 왕초보다. 그래서 많이 힘들고, 자꾸 잔소리가 는다. 좋은 것은 아닌데 그래도 잔소리를 하니 조금씩 그들의 실력이 는다.

2014년 2월 28일 금요일

며칠 전부터 약 30평 정도 되는 신입교육실의 리모델링 공사를 시작했다. 이곳은 사람들이 처음 이 구치소에 왔을 때 구치소 생활이나 재판에 관한 것을 설명 듣는 곳이다. 너무 낡았다. 심일규 주임이 갑자기 "정훈 씨. 이곳 신입교육실 벽, 알판, 몰딩 공사를 예전 의무과장실처럼 할 수 있겠어요?"라고 물었다. "예. 한 번 멋지게 해보겠습니다." 하고 대답했다. 앗싸! 한 건 들어왔다. 기분이 좋다. 인테리어 일은 항상 내 기분을 들뜨게 만든다. 그렇다고 돈을 받거나 집에 빨리 보내주는 것도 아닌데 말이다.

그제 첫날. 5명이 배정되어서 공구를 챙기고, 합판과 각재를 가득 리어카에 싣고 준비를 하여 출발했다. 그런데 같이 가는 남우가 무슨 연유에서인지 뿔이 나서 얼굴이 붉으락푸르락 한다. "행님, 일도 정도껏 해야지. 우리가 무슨 노가다 일당쟁이들입니꺼? 너무 처음부터 자재를 많이 싣고 가는 것 아입니꺼?" 하고 불평도 한다. 1급수인 종철이는 집에 갈 날이 얼마 남지 않아서 아예 뒷짐을 지고 일을 하려고 하질 않고, 장호 씨는 일은 열심히 하려고 하는데 일머리를 몰라 오히려 방해만 된다.

공사 첫날부터 꼬인다. 신입교육실은 이 구치소에 처음 오는 사람들이 이곳에 적응을 할 수 있게 교육하는 곳이다. 그렇기에 새롭고 깔끔하게 하면 사람들이 안정을 찾을 수 있으리라. 나는 이렇게 생각하는데, 남우와 종철이는 계속 불평불만이다. "아니, 일당 주는 것도 아닌데 와 그래 열심히 하노?" 하면서 말이다. 그날 내내 둘 다 내 신경을 자꾸 거슬리게 하고 반항을 한다. 그래도 내가 참는다. "남우야. 이것 좀 잘라줄래? 저것 좀 가져다주라." 하면서 최대한 부드럽게 대한다. 그리고 장호 씨는 아직도 타카핀을 구별하지 못해 엉뚱한 타카핀을 가지고 온다.

결국 첫날은 신입교육실의 신고식을 치르는 날이었다. "아이 시* 행님. 지금 몇 신데… 그만 가입시더." 더 일을 했다간 폭발할 것 같아서 그날은 내가 살짝 져준다. "그래, 가자. 수고했다."

어제도 그리고 오늘도 1시간 일을 더 했다. 그렇게 불평하던 남우도 목공 일에 재미를 붙여주니 잘 따라온다. 어느 정도 윤곽이 드러나니 일이 재미가 있었나 보다. 일을 하고 보일러 주임의 배려로 따뜻한 목욕탕에 가서 목욕을 했다. 뭉쳐있던 피로가 풀린다. 뿌듯하다.

2014년 3월 6일 목요일

신입교육실 리모델링 공사를 오늘 마감했다. 참 많은 우여곡절 끝에 작업을 마무리 하는데, 일은 안 힘들었지만 일하기 싫어하고 일할 줄 모르는 네 사람을 데리고 일을 하려니 그것이 무척 힘들었다. 흡사 네 명을 업고 일하는 것 같았다.

나흘 동안은 특별대우를 받으며 저녁 6시까지 작업을 했다. 원래 우리 작업시간은 3시까지이나 보안과장이 빨리 일을 마무리 하라고 재촉을 하여 내가 작업시간을 연장을 해서 일을 했다. 우리 때문에 계호들도 늦게 퇴근을 한다. "훈이 행님 때문에 이래 고생을 한다. 행님 나중에 일당 꼭 챙겨주소." 남우가 농담반 진담반의 말을 건넨다. 정말 고생이 많다. 방에 들어오자마자 바로 뻗는다.

힘든 일정을 마치고 예쁘게 작품이 나오니 뿌듯했다. 진종만 씨는 일하다가 타카핀이 손가락 끝으로 뚫고 들어가는 사고를 겪었다. 혹시 뼈가 부러지지나 않았는지 걱정을 많이 했는데 다행히 뼈에는 아무 이상이 없다고 한다. 수고했다고 하면서 심 주임이 탕수육과 짜장면, 그리고 짬뽕을 시켜준다. 구치소에서 이런 음식을 먹는 것은 거의 불가능한데, 가끔 이렇게 우리 영선 자재담당인 심 주임이 우리를 먹인다. "정훈 씨. 수고했어요. 남우도 수고 많았어. 많이들 드세요." 고생한 남우한테 면목이 선다. 일을 할 땐 잘하면서 가끔 투정을 부리면 힘들다. 심 주임은 항상 목공조장인 나를 많이 챙겨준다. 고맙다.

2014년 3월 9일 주일

사동 방 안의 TV에서는 개그콘서트가 방영되고 있다. 약 2~3주 전에 녹화했던 것을 지금 틀어주는 것이다. TV 소리가 듣기 싫으면 나처럼 소음 귀마개를 끼면 된다. 귀마개를 끼면 이야기 소리도 잘 안 들리기에 같은 방 사람들이 나를 불러도 대답을 할 수 없다. "훈이 행님은 우리 같은 죄수들하고는 절대 말을 안 한다 아이가." 자기네들끼리 이야기 한다.

수다맨(진규)과 남우는 요즘 말도 않는다. 어제는 말다툼도 심하게 했다. "야! 내가 너한테 뭘 잘못했는데? 나이도 어린 게 그렇게 말을 함부로 해도 돼?" 서울말을 쓰는 수다맨이 남우한테 화를 낸다.

"나이 많으면 다입니꺼? 나이 먹었으면 나이 값을 하고 대우받을 짓을 해야지."

"뭐? 이 자식이…"

"욕하지 마소. 당신이 뭔데 욕합니꺼?"

복무가 올 뻔 했는데 다행히 싸움을 말려서 큰 싸움이 나지는 않았다. 이곳은 정말 아주 사소한 것에도 싸울 수가 있고 사소한 것에도 감동받을 수가 있다. 갇혀서 오래있다 보면 좀 편집증이 심해진다고 해야 하나?

수다맨은 46세, 남우는 32세다. 나이가 차이가 나기는 난다. 그래도 이곳은 짬순이다. 남우가 영선에서 1년 이상 고참이다. 여기는 나이는 영치하고 와야 한다는 징역이다. 나이 대접은 생각을 말아야 한다.

수다맨은 참 안 씻는다. 이불에도, 옷에도, 수건에도 홀아비 냄새가 많이 난다. 좀 씻으면 좋겠다고 모두들 이야기 하면 "너나 잘해.", "너나 씻어"라고 응수할 뿐, 양치질도 잘 안 해서 웃을 때 드러나는 이빨이 누렇다. 내가 "진규야. 주라. 내가 이불 빨아주께."라며 말을 건네도 "됐어. 훈이나 이불 잘 빨아."라고 답한다. 이불을 빨아준대도 싫단다. 진규 덕분에 밖에서 일을 보는 임출들이 우리 방 앞을 지나가기가 싫다고 한다. 공기가 다르단다. 그래서 우리 방 앞 창문을 일부러 열어 놓는다.

진규 때문에 고민이다. 영선에 있는 2급수는 9동상 15방, 9동상 17방 두 방 중 한곳으로 배정받는다. 얼마 전 진규가 15방으로 가고 싶다고 주임한테 이야기를 했다고 한다. "형님, 진규 형이 많이 힘든가 보던데…" 15방 민호가 걱정스럽단 투로 진규를 두고 이야기한다. 우리가 하도 씻으라고 잔소리를 하고 귀찮게 하니 자기도 힘들었나 보다.

내일은 가족접견의 날인데, 가족과 대면하면서 식사를 할 수 있는 행사이다. 아내와 애들이 오기로 되어 있다. 이곳에 들어오는 절차가 까다롭지나 않은지, 혹시나 늦어서 못 들어오는 것은 아닌지, 오는데 힘들어하지 말아야 할 텐데 등 별별 염려가 된다. 가족과 같이 있으면서 주어지는 시간은 1시간 반! 알차게 시간을 써야 할 텐데, 막상 만나면 무슨 말을 할까? 하는 걱정도 든다. 맛있는 것도 많이 싸가지고 왔으면 좋겠다.

2014년 3월 15일 토요일

월요일은 가족만남을 했다. 아내, 아들 태준이, 딸 애영이 이렇게 네 식구가 한 테이블에 앉아서 이야기도 하고 먹으면서 웃음꽃을 피웠다. 다른 테이블은 도시락, 김밥, 과일, 음료수 등 참 많은 것을 싸가지고 왔으나 내 아내는 돈이 없어서 치킨과 콜라, 사이다만 사서왔다. 저 멀리서 나를 보자 닭똥 같은 눈물을 흘리며 "오빠, 보고 싶었어." 한다. 아내를 1년 2개월 만에 안아본다. 태준이, 애영이도 많이 컸다. 태준이가 튼튼해지고 씩씩해졌다. 아이들은 이곳이 어딘지 잘 알고 있다. 그래도 난 아이들에게 부끄럽지는 않다. 같이 있는 1시간 반 동안 웃고 울었다. 너무 행복한 시간이었다.

한 80평 되는 공간에 한 스무 가족 정도가 각각의 원탁 테이블에서 만남의 시간을 보낸다. "치킨만 싸가지고 왔네요. 좀 많이 가지고 오지?" 우리가 먹을 게 너무 없으니 저쪽에서 과일을 가지고 오면서 여자 사동의 계장님이 말을 한다. "네! 이것만 있으면 돼요." 그래, 진짜 이것만 있으면 되었다. 내 아내, 아이들만 있으면 되었다. 그것 외에 무엇이 필요하겠는가?

먼저 예배를 드리고 싶었는데 너무 시끌벅적해서 예배는 드리지 못했다. 기도만 하고 치킨을 먹으면서 서로를 달래고, 아내 손을 잡고 이야기를 한도 없이 한다. 아이들도 아빠랑 있으니 좋은가 계속 장난을 친다. 너무 너무 행복했다. 남에겐 평범한 일상이 내겐 너무나 간절한 소원이었다. 헤어질 때 또 아내가 운다.

"부디 주님. 우리 아이들 그리고 아내를 지켜 주시고 일용할 양식을 채워주소서. 예수님의 이름으로 기도드립니다. 아멘."

2014년 3월 18일 화요일

교정청장이 ○○구치소에 온다고 온갖 난리다. 6.25 때 난리는 난리도 아니다. 페인트칠, 목공 일, 도배, 각종 일 등… 3주간 시설보수는 야근은 물론 토요일과 주일에도 일을 하라고 한다. 정신이 하나도 없었다. 도대체 교정청장이 뭔지? 그렇게 우리를 힘들게 하더니만…

드디어 오늘 왔다. 그리고 갔다. 이렇게 하루 그것도 몇 시간 있을 것인데 우리는 거의 한 달을 맞을 준비를 했다. 대통령이 온다면 어떻게 될까? 한 6개월은 난리 치겠지? 그런데 만군의 여호와 하나님께서 항상 우리에게 오시는데 우리는 아무 준비를 하지 않고 있으니… 모든 사람들이 하나님을 너무 무시하는 것 아닌가? 그렇게 우리는 하나님을 모른다.

근무자들이 아무 이야기를 하지 않는 것을 보니 교정청장의 접대?는 잘 끝난 것이다. 이곳은 욕만 안 들어 먹으면 된다. 칭찬도 부담스럽다. 공무원들이 참 어떻게 보면 불쌍하기도 하고 어떻게 보면 또 한심하기도 하다. 너무 지나친 형식과 외형 위주의 공무원들의 행태를 보면 밥맛이 떨어진다. 나는 한 달에 천만 원을 준다 해도 절대 공무원은 안됐을 것이다. 짜웅하는 것이 체질에 맞지 않다.

벌써 이제 봄이 오나 보다. 봄이 오니 참 좋다. 덜 춥고. 이제 낮에는 덥다. 금세 봄이, 새초롬하고 수줍음이 많을 것 같은 봄이라는 아가씨가 왔다. "안녕하세요. 봄 아가씨! 반가워요." 낮에는 밥을 먹고 나면 많이 졸리다.

반장 복만이가 출소하면 반장 할 사람을 뽑아야 한다. 복만이는 3개월 남았다. 만기출소이다.

"훈이 행님이 반장을 해야 됩니더. 할 사람이 없습니더."

"야, 쓸데없는 소리 하지마라. 내가 무슨 반장을 하노. 다른 사람 시키라."

나보고 복만이가 반장을 하란다. 내가 안 하면 내 바로 후임인 명진이가 한다는데, 내가 그렇게 하기 싫은 반장을 명진이는 참 많이 하고 싶은가 보다. 반장이 되면 신경 쓸 게 한두 가지가 아니다. 물론 대우는 받겠지. 명진이가 잘할 수 있을까? 의문이다. 난 정말 목공 일만 하고 싶다. "훈이 행님이 안하면 영선 말 많아집니더." 민호도 나보고 반장을 하라고 난리다. 어휴. 정말 신경 쓰는 거는 하고 싶지 않다.

이제 영치금도 다 떨어져 가고 있을 텐데 큰뜻교회에서는 소식이 없다. 이제 정말 나와의 인연을 끊으려 하는가 보다. 나는 내 모든 것을 다 희생하고 믿고 따라갔건만… 서운하다. 그래도 주님이 아시니 주님께서 위로해 주신다. 9시가 되니 취침방송이 나온다. "오늘도 수용자 여러분 수고 많으셨습니다."

"훈아, 오늘도 정말 수고 많았다. 힘내고 기죽지 말기!"

2014년 3월 23일 주일

"저 착하게 보이는 안경 너머로 모든 사람을 속이고 있다."

"누가 믿겠노? 훈이 행님의 실체를"

"와… 진짜… 13동에 있는 사람들은 다 못 믿을 거다. 훈이의 숨겨진 발톱을…"

같은 방에 있는 남우, 종철이, 진규가 다 한마디씩을 한다. 같은 방에 있으니 장단점들이 속속들이 보인다.

방에서 공부하는 내가 TV 볼륨소리를 13으로 차단하고, 작게 들리는 프로그램은 볼륨을 높이려고 하면 바로 응징?을 하여 아예 볼륨 버튼을 만지지도 못하게 한다. 목공 지원으로 일하는 경우에는 자기들 말로는 사람을 초죽음 상태로 만든다고 한다. 신앙적인 이야기 외 여자 이야기나 안 좋은 이야기를 할 때는 들은 척을 않고 대꾸도 않는다.

그런 나를 보고 "행님, 너무 이기적인 거 아입니꺼? 남의 말도 좀 들어 주우쏘." 하고 종철이가 말한다. 열을 올리고 나에게 여자 이야기를 하는데 내가 외면을 해버리니 하는 이야기다. "행님은 우리 하고 이야기할 때는 잘 들어주지도 않더만, 운동시간에 다른 출력수하고 신앙 이야기를 하면 벌떡 일어나 흥분하고 그렇게 이야기를 잘 하데예. 같은 방 사람한테 너무한 거 아입니꺼?" 종철이가 서운했나 보다. 농담 삼아 이야기를 한다.

이제 나가면 신학교를 가서 바로 개척교회를 하고 싶다고 이야기를 하니 "참여 지분은 얼마고?" "투자 하면 얼마를 벌수 있노?"라고 종철이가 묻는다. "야이, 임마. 교회가 무슨 사업이가? 마음의 감동대로 헌금하거나 기부해야지." 내가 설명을 하려고 이야기 하니 "와? 그럼 공꾸로 먹겠단 말이가?" "남의 돈 거저 먹을라고?"라며 아무것도 모르는 종철이가 답답한 소리를 한다.

"야! 종철아. 니 아파트 팔아서 헌금 좀 해." 진규가 저쪽 구석에서 한술 더 뜬다. "지분도 없고 이윤도 없는데 싫습니다." 종철이가 답한다. "야! 하지마라. 무슨 교회가… 지분이 뭐꼬?" 내가 너무 답답해서 말을 끝맺는다. 아무것도 모르는 이들에게 복음을 심어주어야하는데, 교회가 사업으로 생각되어서는 안 되는데… 우리나라 전체교회가 현재 너무 이윤만 추구한다고 생각되어지는 것 같아 마음이 아프다.

벌써 3월도 지나고 있다. 이제 며칠만 있으면 종철이가 출소한다. 1년 6개월 중 한 달의 가석방 혜택을 보고 3일 후면 이제 짐을 싸고 집으로 간다. 중국으로 가서 귀인을 만날 사주란다. 신앙생활을 해야 될 텐데 걱정이다.

"종철아, 형 대구 가면 맛있는 거 사주나?"

"전화 하이소. 근데 아마 중국에 가있을 겁니더."

"남우야. 형 마산 가면 맛있는 거 사주나?"

"……."

남우는 잠시 동안 대답이 없다. "뭐! 나가야 맛있는 거 사주든가 말든가 하지." 남우는 이번 8월이 만기인데, 또 추가가 있어서 언제 나갈지 알 수 없는 상황이라… 웃으면 안 되는데 말이 너무 웃겨서 모두 웃는다. 그동안 참 많이 정이 들었던 종철이가 나가면 많이 허전할 것 같다.

당분간은 3명이 한방에 있어야 할 것 같다. 지금 모두는 개그콘서트를 보고 킥킥대고 웃는다. 저 모습은 마치 아이들 같다.

2014년 3월 28일 금요일

"이 선생님, 해머 가지고 오이소." 일하는 게 좀 답답해서 한소리를 한다. "이것 가지고 무슨 해머가 필요하노." 이 선생이 고집을 피우면서 망치로 계속 깨작깨작 일을 한다. 큰 목조 구조물 철거 일이 목공조에 들어와서 구조물을 일일이 철거한 뒤 잘게 잘라서 정리하는 과정이다.

"잠깐만요. 해머 가지고 와서 하이소." 일을 잠깐 말린 다음, 해머를 공구함에서 가지고 와서 내가 직접 목조 구조물을 때려서 분리한다. 확실히 해머로 때리니 커다란 목조 구조물이 금세 분리된다. 거의 분리가 다 되어 덜렁덜렁 매달린 것을 때리려고 앞으로 가는 순간, 아차 싶었다. 자그만 못이 발 속으로 들어가서 서늘한 느낌이 난다. 오래된 목조 구조물이라 못도 상당히 녹슬어 있었다. 못을 발에서 빼니 피가 좀 난다.

"복만아, 못에 찔렸다…." 반장한테 이야기하니, 의무실로 가라고 계호를 붙여준다. 의무실로 가니 바로 옆에서 한 사람이 치료를 받고 있었다. 오른손, 왼손, 목 부분도 여러 번 그은 칼자국이 선명하다. "몇 바늘 꾸맷습니꺼?" 의무실 직원이 묻는다. 너무 큰 상처기에 바깥에서 응급 치료를 받고, 지금은 이렇게 구치소 내에서 통합 치료를 받으러 왔나보다. "열일곱 바늘 좀 꾸맷습니더." 그냥 아무렇지도 않은 듯 대답을 한다. 바로 옆에 있는 내가 봐도 너무 심하게 자해를 한 것 같다. 난 너무 그 상처와 흉터가 보기에 흉측해서 고개를 돌린다.

나도 치료와 파상풍 주사를 맞고 대기실에 있으니 그 사람이 대기실 내 바로 옆자리에 온다. 대기실에 있는 모든 이가 다들 피하는 것 같다. "도대체 우짜다가 그래 됐습니꺼?" 내가 살짝 떠본다. "그냥 속상해서 확 그었습니더." 아무렇지도 않게 대답을 하는데, 목이며 손이며 붕대를 감고 있는 모습에 보는 이가 섬뜩하다. 도살장에서 막 목을 잘리려다가 도망 나온 소를 생각나게 만든다.

"혹시 기독교 집회에 오실 수 있어요?"
"네? 미결수도 참석할 수 있어요?"
"예! 한 달에 한번 참석할 수 있습니다. 꼭 오시고 힘내서 살아요."

보는 내가 너무나도 안타깝고 마음이 무겁다. 구속이 되니 너무 힘들어서 이곳에서 죽으려고 했었나 보다.

"박진수 라고 합니더. 왔다 갔다 하면서 보이면 서로 인사나 하고 지내입시더."

"네, 저는 정훈이라고 하고예. 꼭 집회 나오시고예. 성경책도 꼭 읽어 보이소."

"아, 예. 근데 참 고급스럽게 생겼습니더."

"참 별말씀도 다 합니더. 진수 씨도 고급스럽게 생겼으예."

나보고 고급스럽게 생겼다고 하니 기분은 좋았다. 수번을 보니 파란 명찰이다. 마약하는 사람이다. 그래, 제 정신이면 저래 하겠나? 마약이 사람을 이 꼴로 만드는 구나. 몹쓸…. "주님! 주님은 99마리의 양보다 잃은 한 마리를 찾으러 들로 산으로 헤매신다고 하시니, 이 양을 불쌍히 여기사 잘 살 수 있도록 하소서."

종철이가 오늘 출소했다. 근 5개월 동안 9동 17방에서 같이 생활했고, 영선에서 1년 정도 같이 있었다. 물론 9동으로 오기 전 13동 2방에서 6개월 정도 있었지. 그리고 영선 출력하기 전 미결생활도 약 6개월 했다. 1년 6개월이 쉬운 날은 아니다.

진규도 방을 옮겨 달라고 담당주임한테 이야기를 해서 15방으로 갔고, 17방엔 남우와 둘이 있다. "잘 씻고 왔겠지?" 남우가 농담을 한다. "어? 그냥 두 명 처리했을 뿐인데 왜 이리 썰렁하지?" 네 명이서 까불고, 장난치고, 뒹굴고, 장난으로 때리고 맞고… 개구쟁이들처럼 놀던 방에 두 명만 있으니 많이 썰렁하다. 가는 자는 홀가분하겠지만 보내는 자는 이렇게 항상 허전한 것인가?

며칠 있으면 또 시설보수 중 13동 2방에 있는 한 사람이 급수를 받아서 이방으로 오겠지? 황정상 씨가 이방으로 올 가능성이 크다.

"훈 씨. 내가 그 방으로 가면 먹는 거는 걱정하지 마이소. 내가 다 공수할 테니." 정상 씨는 항상 말은 시원시원하게 잘한다. 나도 정상 씨가 오면 좋겠다. 이곳은 먹는 게 제일 아쉬우니 말이다. 그래도 너무 신세를 지면 눈치가 보인다.

벌써 큰뜻교회에서 연락이 오지 않은지 서너 달이 지나간다. 귀찮아진 건가? 나를 잊고 싶어 하긴 하겠다. 내 문제가 너무 힘들어 그런가보다. 이해는 하는데 서운하다. 예전의 나는 돈이 생기면 집에 생활비를 안 갖다 주더라도 교회에 먼저 헌금을 했다. 집사람한테는 너무 미안하지만, 교회에 필요한 것을 제일 먼저 해드리고 싶어서 아무 아낌없이 드렸다. 더 희생하고픈 마음뿐이었다. 그리고 그것이 기쁨이었다. 그래. 뭐 그것 갖고… 난 아무것도 한 게 없는데…. 괜찮다. 부족하지만 내가 한 것을 주님이 받으셨을 것이므로. 됐다. 여하튼 이곳도 돈이 없으면 많이 아쉽다.

2014년 4월 2일

며칠 전부터 대운동장에 벚꽃이 만개했다. 작년에 보고 올해 2번째 이곳에 벚꽃이 핀 것을 본다. 9상 17방에는 지금 3명이서 생활한다. 종철이는 집으로 잘 갔을까? 참 별 걱정을 다한다. 진규는 15방으로 도망(?)을 갔고 정상 씨가 얼마 전에 이방으로 왔다. 한 6개월 동안 똑같은 4명이 있다가 새로운 사람이 오니 분위기가 새롭다. 신사적인 사람이다.

어제 기독교 집회 때 찬양인도를 했는데, 내 마음대로 먼저 가서 준비할 수 없고 계호가 부르면 가야 하기에 너무 준비 없이 찬양인도를 할 수 밖에 없었다. 집회를 가면 미리 모여 있는 수용자들과 밖에서 오신 목사님, 성도들 앞에서 음향을 세팅해야 한다. 이외에도 기타줄 튜닝 및 기타와 앰프 연결, 마이크 조절 등을 한 5분 안에 빨리 해야 한다. 때로는 계호가 기타를 안 가져올 때가 있는데, 그럴 때면 참 당황이 된다. 기타를 가지고 오시라고 이야기하고 준비 기도를 인도한다. 그렇게 하다 기타를 가지고 오면 준비를 금방 해야 한다.

이런 절차들을 하고 찬양인도를 하면 때로는 땀을 삐질삐질 흘리면서 할 때도 있다. 그래도 아무것도 없는 이곳에 어쿠스틱 기타 하나로, 그 연주에 맞춰 목소리가 쉬도록 찬양을 하면 구치소에 찬양이 울려 퍼진다. 어느 교회 못지않게 은혜가 된다.

2014년 4월 3일

매일 작업을 끝내고 방으로 들어가기 전에 검시를 한다. 오늘 목
공실에서 예전에 만든 작은 나무 십자가를 의류대에 넣어둔 것을 깜
박 잊고 검시 앞에 섰다. 다시 목공실로 돌아가기엔 너무 늦었고, 요
즘 여러 가지 상황 때문에 분위기가 살벌하다. 검시 선반에 의류대
에 있는 모든 내용물을 쏟아놓으라는 소리를 듣고 한손으로 의류대
에 들어있는 나무 십자가를 잡은 채로 쏟았다. 다행이 검시부장이
예전 12상 담당부장이었기에 망정이지, 만약 다른 부장이어서 좀더
철저히 검시를 했을 경우에는 걸려서 징벌을 먹고 징역이 깨졌을 것
이다. 예전엔 나무 십자가를 출력수들에게 참 많이 만들어 주었다.
하지만 검시가 철저해진 지금은 엄두를 못 낸다. 오늘 하마터면 징
벌방으로 갈 뻔 했다. 주님의 도우심이었다.

아침에 작업장을 가니 김복만 반장이 안 보인다. "어? 복만이가 어디 갔노?" 궁금해서 물으니 "복만이 징벌 갔다." 명진이가 슬슬 웃으면서 말한다. 명진이는 하도 농담을 잘 하니까 내가 다시 "에이, 까불지 말고 복만이 어디 갔노?" 묻자 "반장. 날아갔어예. 행님." 하고 동은이가 진지하게 대답을 한다. 공장 안 목공실 앞에는 복만이가 만들어달라고 한 접이식 소형 탁구대가 있다. 분위기가 심상치 않다. 잘 웃는 주임님도 표정이 심상치 않다. 밤새 무슨 일이 있었을까?

어제 까마귀(기동대)가 복만이의 사물을 싹 다 뒤지고 그를 징벌방으로 끌고 갔다고 한다. 징벌 사유를 들어보니, "탁구대 제작, 시계 도색, 운동화 도색, 속옷 도색, 불법볼펜 제작, 커터칼 편취 등 불법 제작물이 하도 많아서 내가 어떻게 꺼내오지를 못하겠어요."하고 주임님이 심상치 않은 표정으로 말하는 것이다. 분명 누군가가 투서를 넣은 게 분명한데… 심증은 있는데 물증은 없다.

이곳은 안에서든 밖에서는 누군가 투서를 넣으면 반드시 조사를 해야 한다. 그런데 그것으로 끝나는 것이 아니고 교도관들은 모든 출력수들의 각 공장과 방을 철저히 검시를 하고 검방을 한다.

"왜 이리 사포가 목공실에 많노? 사포가 이곳에 이렇게 많아도 되나?"
"목공 일을 하려면 많이 필요합니다."
"사포가 그래도 이렇게 묶음으로 놓고 써도 되나? 당장 관구실로 와서 자술서 써."

투서의 불똥이 나에게도 튀었다. 나뿐 아니라, 오늘 영선에서 아무것도 아닌 것으로 자술서를 7명이나 썼다. 복만이 일이 구치소장에게까지 보고가 되었다고 하니 관구계장이 화가 많이 난 모양이다. 영선을 파 뒤집었다. 자술서를 3번 이상 쓰게 되면 징벌이다. 나는 이번이 두 번째다.

목공과 철공은 항상 무슨 일이 있으면 자술서 타깃이다. 오늘은 정말 분위기가 험악하고 힘들어서 지금도 뒷골이 땡긴다. 이곳은 마음먹고 꼬투리를 잡으려면 안심할 수 있는 사람은 아무도 없다. 복만이가 징역이 깨지는가 보다. 여태까지 영선에서 한 1년 반 동안 수고한 것이 물거품이다. 안타깝다. 징역이 깨지면 가석방이 없고 또 박이를 살아야 한다. 얼마 전, 분류과에서 면담을 하고 온 뒤 3개월 가석방을 받을 수 있다고 좋아하던 복만이의 얼굴이 생각난다. 누가 투서를 넣었을까? 진규? 아니면 민호? ….

2014년 4월 8일 화요일

오전에 일을 열심히 한 뒤, 화장실에 가서 볼일을 보고 손을 씻으려고 하는데 이야기 소리가 들린다. "어제 자술서 쓴 사람들 몇 명은 조사방으로 가는 게 확정되었답니다." "뭐 그런 게 다 있노? 뭘 잘못했다고… 미친 거 아이가?" 형대 씨와 명진이가 흥분해서 이야기를 나누고 있다. 이곳 소소한 이야기를 잘 귀담아 듣지 않던 나도 내 신변에 이상이 생길 수도 있기에 궁금해서 묻는다. "진짜로 그리 한답니꺼?" "네 확실하다고 합니다. 조장급으로 몇 명 보낸답니다. 정훈 사장님도 목공조장이니…."

간담이 서늘하다. '아. 나의 영원할 것 같은 목공조장의 권좌와 권력도 끝난 건가?' 일단 징벌을 먹으면 가석방, 귀휴 등의 기대는 할 수 없다. 많이 슬픈 생각에 밥도 제대로 먹지 못하니, 앞에 앉은 진종만 씨가 평소 잘 쓰는 말투로 "걱정하지 마이소. 그리고 밥 마이 묵으소."라고 말을 건넨다. 하지만 대답할 기운이 없다.

오후에 운동 시간이 끝나고 다시 목공실에서 일을 하다가, 어쩌면 이곳에서의 마지막 기독교 집회가 될 수 있겠다 싶어서 집회를 가려고 목공실 밖으로 나왔다. "동은아. 기독교 집회 안 갈래?" 하고 물으니 동은이가 눈을 크게 뜨고 "행님. 지금 분위기가 어떤데 집회에 갑니꺼? 형대 형, 민호 형, 남우가 방금 조사방에 갔어요. 지금 짐 싸야해요."라고 이야기 한다. "뭐? 진짜가?" 너무 놀라고 또 다리가 후들거렸다. 벌써 3명이 조사방에 갔다고 하니 말이다. 그래도 나는 다행히 주님의 은혜가 있었다. 분명 내가 가는 케이스였는데… 영선 목공에서 계속 일을 할 수 있게 된다.

영선은 쑥대밭이다. 조사방으로 가는 그들의 짐을 싸 주면서 마음이 싸했다. 다들 무사히 돌아올 수 있을까?

2014년 4월 13일 주일

지금 내가 있는 곳은 △△구치소 9동상 자치 사동 근무자 책상 앞이다. 멀리 아파트 불빛이 보이고 동서고가도로의 차 소리가 들린다. 저 멀리 십자가 네온, 구치소의 삼중 담벼락이 창문 너머로 보이고 있다. 가끔 요란한 엔진소리를 내며 지나가는 오토바이 소리도 들려온다. 아직도 봄이라고 하기에는 서늘한 바람이 창문과 철창을 통해 들어온다. 7시 15분! 아직 완전한 어두움이 몰려오지 않았다. 낮 시간이 많이 길어졌다.

"불침번. 11방입니다." 앉아있기가 무섭게 또 불러댄다. "커피 물 좀 부탁합니다." 자치 사동 불침번 근무는 물 떠주는 게 일이다. 그래도 짜증내지 말고 해주자.

이곳 9동 상층 출력수들은 취사, 구매, 인쇄, 수용자 이발 그리고 우리 시설보수를 맡고 있는 사람들이다. 구매에서 일하는 애들은 소위 '증인들'로 군대를 거부하고 이곳에 온 사람들이다. 너무 철이 없다. 천방지축인 데다 자꾸 귀찮게 불러서 가면 옆방에 쪽지, 책, 과자 등을 전해 달라고 한다. 이곳이 징역인지를 아는지 모르는지? 군대를 가지 왜 이곳 감옥에 왔을까?

이런 저런 생각을 하는데 벌써 어둠이 많이 몰려왔다. 담 너머 보이는 바깥세상! 이제 얼마 안 있으면 나도 저곳에서 자유를 누리며 살겠지? 그러나 이상하게 왠지 저곳보다 이곳이 평안할 것 같은 이유는 무엇일까? 우리 애들 그리고 아내 힘내라. 힘!

2014년 4월 30일 수요일

벌써 또 2014년도의 4월도 다 지나가고 내일이면 5월이 된다.

"훈이 씨. 내일 목공에 신고 안 된 공구 있으면 다 내세요."
"그것 다 내면 정신없을 텐데…"

목공에 신고 안 된 공구가 하도 많아서 경리가 감당하기엔 버거울 텐데 "세월호 사건으로 지금 구치소가 비상이야."라고 한다. 공무원들, 특히 교도관들, 그 중에서도 ○○구치소 교도관들이 제일 바쁜 것 같다. 맨날 순시, 검열, 검시 등… 아주 조그만 것도 이들에겐 큰 것이 된다.

우리 주임이 이곳에 온지 두 달이 다되어 간다. 이곳 출력 담당주임은 6개월에 한 번씩 자리를 옮긴다. 영선은 참 일도 많고 복잡한 것도 많다. 그래서 주임들이 속이 타고 스트레스도 많이 받나보다.

우리 역시 속이 타고 바쁜 일투성이다. 내일 신고 안 된 공구도 내고, 목공소 안에도 정리해야 하고, 갑자기 또 심 주임이 만들라고 한

행사용 강단도 만들어야 한다. 게다가 폐자재도 정리해야 하고, 여자 사동에서 가지고 온 상도 수리해야 하고…. 할 일이 산더미 같다. 그런데도 다른 일을 이것저것 정신없이 시키지는 말았으면 좋겠다. 영선 목공 출력수들은 슈퍼맨이 되어야 한다. 모든 것을 금방금방 해내야 한다. 또, 그렇게 해내니 항상 그렇게 하는 것이 당연한 것 같이 생각한다.

2014년 5월 3일 토요일

아내가 오전에 일찍 면회를 왔다. 예쁜 우리 아내. 7분이라는 시간은 너무 짧은데, 마칠 시간에 울상이 되더니 결국 나갈 때 울면서 나간다. 왜 그럴까? 무슨 일이 있었는지 걱정이 된다.

"지희야, 오빠 나가면 우리 열심히 살자. 그러니 힘내." 위로의 말로 달랜다. 태준이와 애영이도 너무나 귀엽게 잘 자라고 있다. "아빠, 나오면 비눗방울 놀이 할 거지?" 애영이가 아빠랑 비눗방울 놀이 하던 옛날의 기억을 떠올렸는지 애교스럽게 이야기 한다. 정말로 열심히 살리라. 주님께서 주신 사명을 감당하면서….

9상 17방으로 다시 들어오니, TV소리 볼륨이 너무 크다. "누가 TV 소리 이리 올렸노?" 하면서 소리를 줄인다. TV 소리가 정말 거슬린다. 우리 방에는 황정상 씨, 진규, 장철호 씨 그리고 나 이렇게 네 명이 있다. 남우는 조사방으로 갔고 진규는 15방에서 또 다시 17방으로 왔다. 잘 안 씻어서 그 방 사람들이 냄새가 난다며 다시 17방으로 보냈다.

그리고 얼마 전 그 두려운 우리 영선의 특등 고문관 장철호 씨가 우리 방에 왔다. 별명은 '유단자'이다. 진짜 아찔하다. 시끄럽고 말도 잘 안 듣고, 산만하고 잘 잊어버리고, 뻥도 많고… 큰일이다. 예민한 나는 어떻게 해야 지혜롭게 지낼는지 걱정이다. 싸우지는 말아야 될 텐데.

이곳은 기결수들 방이라 아침에 조용해야 하는 것이 예의다. 그런데 장 선생은 아침에 정적을 깨는 데 뭐 있다. 시끄러워도 아침부터 많이 시끄럽다. 식사 때 배식담당이 되어 밥하고 국을 푸고 배식을 하는데 너무 시끄럽게 떠들기에 "장 선생님. 배식할 땐 침 튀니까 입 좀 다무세요."라고 참다가 민망하지 않게 이야기를 한다. "네!" 하고 대답하지만 그때뿐이다. 자기 안경도 어디에 뒀는지 찾지 못해서 우리가 찾아준다. 나이는 50대 초반인데 벌써 치매증세가 있는 듯하다. 주의가 너무 산만하다. 미워하는 마음이 생기려 한다. 그러면 안 되는데… 정말로 유단자 중의 유단자이다.

2014년 5월 10일 토요일

지금 시간이 오후 4시 5분! 진규, 정상 씨는 이불 속에 들어가서 깊은 잠에 빠져있고, 장철호 씨는 누워서 실눈으로 TV를 보고 있다. 내가 하도 잔소리를 많이 해대니 기가 죽어 새초롬하게 이불 속에서 입 윗부분만 내놓고 TV를 본다.

얼마 전 정상 씨에게 또 다른 공소장이 와서 얼마나 마음이 안됐는지… 검사한테서 공소장이 오면 '추가'다. 형을 살다가 추가가 오면 얼마나 힘든지 모른다. 그는 지금 현재 1년 4월형을 살고 있다. 벌금으로 나온다면 얼마나 기쁠까. 본인도 그렇게 나오기를 바라고 있다.

이제 5월도 어쩌면 보름 남짓 남았으리라. 일하러 갔다 돌아오면 시간은 금방 지난다. 장철호 씨가 이제 며칠 남지 않았다. 4개월 동안 미결방에 있다가 8월형을 받고 지금은 한 달 남았나? 잘해주고 싶은 마음인데 한시도 쉬지 않고 떠들고, 주로 여자들과 잠자리를 한 이야기들뿐이다. 자기 할 일도 제대로 못하고 잊어버리고, 허풍도 너무 많고, 실수도 많고… 요즘 내가 장 선생 때문에 신경이 많이 예민해져 있는 것 같다. 이런 사람도 포용해야 할 텐데.

2014년 5월 24일 토요일

화요일 오후 3시까지 여자 사동 접견실의 리모델링 공사를 마치느라 많은 땀과 진을 쏟았다. 황량하고 못 쓰는 창고를 정리해서 여자 사동 접견실로 만들었다. 벽 공사, 천정 공사, 알판 공사, 몰딩 공사 등을 거치니 완전히 새 집이 됐다. 이곳의 시간과 모든 여건은 최악이다. 그런데 또 윗사람들, 즉 보안과장과 계장들의 기대치는 최고치다. 쥐어짜도 너무 쥐어짠다.

짧은 시간에 많은 일과 함께 좋은 작품을 만들려니 모든 에너지가 소요된다. 이곳은 오전과 오후를 모두 합쳐서 일할 수 있는 시간은 총 4시간도 안 된다. 그리고 좁은 공간, 여자 사동이어서 제한되는 것도 많다. 작업의 모든 상황이 상상할 수 없이 열악하다. 그리고 가장 중요한 공구 관리!

그래도 열심히 일하는 이유는 이곳에서도 주님께 영광을 돌리기 위해서이다. "목공조장님! 참 일 잘합니데!" 교도관들이 이런 이야기를 하면 주님께 영광이 된다. 때로는 내가 진짜 일을 잘해서 칭찬을 듣는 것 같은 착각이 들면 즉시 주님께서 깨닫게 해 주신다. "주님이 하신다."

너무 열심히 일을 해서 일기를 쓸 힘이 없을 정도로 많이 피곤하다. 수요일에는 너무 힘들어서 저녁에 해야 할 헬라어 공부를 못하고 끙끙 앓아 누었었다. 온몸이 쑤시고 아팠다. 그런데 좀 조용히 쉬고 싶을 때 장철호 씨가 조용한 분위기를 자꾸 깬다. 말 많은 사람이 정말 싫다. 계속 쉬지 않고 말을 한다. 끊임없이 이야기를 한다. 여자 이야기, 사업 이야기, 가족 이야기… 무조건 이야기를 해야 하나 보다. 조용하게 있으면 죽는 줄 아나보다. 머리가 아프다. 저 사람을 집에 빨리 보내야 할 텐데….

2014년 6월 4일 수요일

오늘은 지방선거가 있는 날이라 쉰다. 아침에 상쾌한 공기를 마시며 창밖을 한참을 바라보았다. △△구치소 뒷산의 이름이 뭐라고 했는데 잊어버렸다. 어튼 저 산이 두 번 변했다. 겨울엔 앙상한 벌거숭이 산이더니 지금은 푸른 잎이 무성하여 까치, 비둘기 등 각종 새들이 집을 짓고 살기에 그런 좋은 산이 되었다. 아침마다 까치가 많이도 울어댄다.

벌써 1년 6개월째가 되는데, 주님께서 너무 많은 은혜를 주셔서 이곳에서 너무 많은 복과 깨달음을 받았다. 죄를 멀리 하고 주님을 더욱 가까이 하게 되고, 내가 좋아하는 목공 일은 생각만 해도 설렌다. 영선주임은 벌써 세 번째 바뀌었는데 지금 주임도 참 좋다. 너무 급하게 일하지 말라고, 천천히 일하라고 한다. 이제 얼마 전 조사방에서 살아 돌아온 남우를 제외하면 서열이 2위가 된다.

안타까운 것이 하나 있다. 출력수들은 일하느라 기독교 집회에 잘 참석을 할 수 없다. 동료들 눈치, 주임 눈치들을 본다. 기독교 집회는 매주 화요일 오후 2시에 열린다. 다 같이 일을 하고 있는데, 집회에 참석하기 위해 자리를 빠져 나가는 것은 나같이 열성분자가 아니면 힘들다. 정말 기도 제목이다. 가고 싶어 하는 사람은 많은데 가기가 그렇다.

"무슨 집회를 꼭 가야하나? 지금 이렇게 바쁜데…" 여자 사동 접견실 리모델링 작업을 하던 중, 내가 화요일 집회에 참석해서 일이 진행이 안 되니 보안과장이 한 이야기다. 나는 어떤 일이 있어도 꼭 집회에 갔다. 이건 내겐 안식일을 지키는 것과 마찬가지다.

의무과장실, 구매창고 천정 공사, 신입대기실, 여자 사동 접견실 등 리모델링 공사를 잘 했었는데, 지금 많이 노후된 종교관도 리모델링 공사를 하면 얼마나 좋을까? 불교, 기독교, 천주교, 증인들 모두 다른 요일에 이곳에서 행사를 한다. 전적인 교회 공간이 필요하고, 담당목사님이나 전도사님도 계셔야 관리가 될 것이다. 매번 오시는 목사님이 다르기에… '교도'라는 것이 바른 것을 가르치는 것이 아닌가? 째가 빠지게 일만 시켜서는 안 된다. 우린 교도가 필요한 사람들이다.

2014년 6월 6일

"유 선생님! 선고가 언젭니까?"
"예. 오늘이에요."

점심식사를 마치고 운동장에서 유채규 씨한테 궁금해서 물었더니, 오늘 오후 조금 있으면 법정으로 가서 선고를 받는다고 한다. "제발 집으로 가이소. 제발…" 집행유예로 집으로 갔으면 좋겠다고 생각하며 말했다.

요즈음 유난히 남의 눈에 띄지 않는 곳에서 봉사를 많이 하던 유채규 씨. 어제는 공장의 1번 화장실 청소를 혼자 하고 있었다. "유 선생님! 요즘 착한 일을 많이 하시네예. 집에 빨리 가겠네예." 말을 건네자 "아니, 뭐. 화장실 소변기가 너무 지린내가 많이 나니…" 하며 강원도 사투리로 겸연쩍게 이야기를 한다.

유채규 씨는 50대 중반이고 강원도가 고향이다. 방에서도 중고참인데 가끔 휴일 때는 방의 설거지도 자주 솔선수범해서 한다고 한다. 오후 3시 반쯤, 목욕탕에서 목욕을 하고 있는데 수군거리는 소리가 들린다.

"유채규 씨가 출소하네요."
"예? 진짜요?"
"네! 가방을 싸라고 연락 왔어요."
"잘됐네. 정말 잘됐어."

1심에서 1년 6월형을 받았는데 집행유예가 돼서 집으로 간다고 한다. 정말 내가 고마웠다. 8개월 동안 고생 많았지. 모두들 잘 갔다고, 잘 가서 고맙다고 한마디씩 한다. 보이지 않는 곳에서 정말 수고 많이 했다.

저번 주 화요일! 평소에는 집회를 잘 안 가던 유채규 씨가 기독교 집회에 같이 갔다. "정훈 사장님! 오늘이 왠지 마지막 집회가 될 것 같아요."라고 이야기를 하기에 무슨 이야기인지 몰랐는데… 진짜 마지막 집회다. 그때 찬양을 인도하면서 유채규 씨를 봤는데, 찬양을 하면서 눈물을 흘리듯 눈시울이 빨개졌다. 보이지 않는 곳에서 진심으로 봉사하는 모습에 하나님께서도 감동을 하셨나보다.

2014년 6월 9일 월요일

영치금 없이 지낸 지가 벌써 석 달째다. "난 절대 그런 사람 아니니 나만 믿어!" 그렇게 장담하고 믿었던 목사님께서 연락을 끊으신 지가 석 달이다. 내가 구속되면 영치금과 가족을 부탁한다고 했었고, 나보고 믿으라고 했던 목사님. 막상 현실 앞에선 약속을 지킬 수가 없었나보다. "다른 사람은 변해도 난 절대로 변하지 않아. 김 집사, 안심하고 편하게 있어."라고 했던 사람이 재판 때 탄원서 한 장 써주지 않았다.

오늘 교정협회에서 1만 원이 영치금으로 들어왔다. 형편이 많이 어려운 수용자들에게 가끔 이렇게 만 원씩 넣어준다. 너무 감사했다. 꼭 필요한 것을 살 수 있어서 감사했다. 편지지, 편지봉투, 풀, 볼펜… 사야할 것들을 손꼽아 본다. 주님께서 이렇게 채워주셨다.

전진규가 또 17방에서 15방으로 이사 간 지 얼마 후… 도대체 몇 번째인가? 이렇게 이사를 많이 한 수용자도, 이사를 허락해준 구치소측도 없을 것이다. 특급유단자인 장철호 씨가 출소를 하고 15방에도 한 사람이 출소를 하자 진규가 또다시 15방으로 갔다. 그리고 17방에서는 정상 씨와 나 둘이서 약 3주를 생활했다.

그런데 어느 날, 주임이 "목공조장, 잠깐 나 좀 보자."라고 부르더니 "혹시 기분 나쁘게 생각하지 말고… 9동 사람들이 방을 좀 바꾸자고 해서 진규가 다시 17방으로 가고 황정상이가 15방으로 옮기고 싶다고 하는데… 괜찮겠지?"라고 묻는다. 이미 결정해놓고 통보하니 나도 할 말이 없지만 조금 기분은 상한다. 주임이 이곳 짬이 제일 많은 나에게 묻지도 않고 방 사람을 옮긴다는 것은 좀 그랬다.

나중에 자초지종을 들어보니 17방 황정상 씨와 15방 홍명일 씨가 미리 작당(?)을 하고 방을 같이 쓰려고 우리와 같이 있는 것을 부정적으로 이야기 한 것이었다. 둘은 사회에서 좀 알던 사이란다. 그 과정에서 주임하고 미리 이야기가 되고, 진규와 나는 아무런 이야기도

들지 못하고 그냥 통보만 받게 되었다. 낙동강 오리알이 된 진규와 내가 또 다시 한방을 쓰게 됐다. 징글징글하다. 구라맨 진규와 좀 떨어져 살았으면 했는데…. 으이구, 지독한 진규 냄새! "훈! 우리가 정상이하고 명일이한테 당했다." 두 사람이 고참을 농락을 한 것이다.

2014년 6월 21일 토요일

지금 9상 17방에는 전진규하고 나 이렇게 둘이만 있다. 영선에서, 아직 분류심사에서 2급수가 나오지 않아서 13동에서 9동으로 올 사람이 없다. 둘이만 있으니 썰렁하다. 진규는 어디서 구했는지 자기 쪽 벽을 여자 비키니 사진으로 도배한다. 모두 자기 애인이란다.

진규는 게을러도 너무 게으르다. 너무 안 씻어서 아주 노란내가 난다. 성격 같아선 그냥 찬물에 확 씻기고 싶다. 아침밥도 안 먹어서 나 혼자 먹고 혼자 설거지를 한다. "흔! 나 남의 것 잘 안 먹잖아." 하면서 남의 과자나 빵 같은 군것질은 잘 먹는다.

또 토요일, 일요일 쉬는 날은 밥도 잘 안 먹고 하루 종일 오징어 냄새 나는 이불 속에서 누워있겠지. 노란내로 머리가 아플 지경이다. 하루 종일 씻지를 않으니…. 그래도 저 끝에 이불을 펴서 다행이다. 이빨도 잘 안 닦아 누렇고, 얼굴에는 때 구정물이 줄줄 흐른다. "인생 뭐 있어? 그냥 그냥 가는 거지." 진규가 늘 하는 말이다.

"정훈 사장님! 방 생활이 요즘 좀 힘드시겠네요?" 밖에서 일하는 임출인 인쇄반장이 이야기를 건넨다. 진규가 잘 안 씻어서 냄새가 많이 나는 것을 알아서 하는 소리다.

2014년 6월 30일

복도가 후덥지근하다. 30도가 되는 것 같다. 이곳 더위도 무르익어 간다. 그래도 아침저녁은 쌀쌀하다. 시간은 밤 9시 25분, 9동 자치사동 불침번 근무를 진규와 바꿔서 서고 있다. "불침번 9방입니다." "불침번 8방입니다." 여전히 어린애들, 증인들 방에서 쪽지를 전해 달라, 책을 받아 달라 한다. 귀찮다. 취침 시간인데 그들은 잠을 안자고 또 두런두런 모여 떠들고 놀고 있다. 시끄럽다. 꼬맹이들은 이곳에 놀러온 줄로 생각하는 것 같다. 전과자가 되는 것인데…

7월이 되면 더 더울 테다. 작년 7월에는 구슬땀을 흘리면서 시간 가는지도 모르게 열심히 일을 했었는데… 벌써 그게 1년 전이다. 그 동안의 시간이 눈 깜짝할 사이 지나갔다. 26명 중 영선 서열 2위! 많은 고참을 보내고 또 많은 후임도 집으로 보냈다. 이제 나도 집으로 갈 차례가 되지 않았을까? 만일 가석방을 4개월 정도로 보면 집으로 가는 건 9월 정도가 되지 않을까? 그렇게 따지고 보니 진짜 얼마 남지 않았다. 그래, 나도 이제 그 생각을 해도 무리가 되지 않는다는 생각이 든다.

2014년 7월 4일 금요일

"차렷!!!" 오후 3시 15분경, 보안과장이 갑자기 영선에 들어와서 모두들 긴장했다. 한 오분 전, 느낌이 싸해서 목공실에서 샤워를 하다가 빨리 옷을 입고 머리를 말렸다. 이 정도 짬이 되면 그런 감각은 있어진다. 아니나 다를까, 갑자기 목공실 문이 열리더니 그룹사운드 '보안과장과 그 일행들(까마귀 기동대원들)'이 한 10명 정도 들어와 목공실을 휙 하니 둘러본다. 보안과장이 목공실 천정을 유심히 보더니 그냥 나간다. 순시해제.

며칠 전 점심때가 돼도 공장으로 밥이 오지 않아서 모두들 무슨 연유인가 궁금하게 생각했던 적이 있다. 알고 보니 취사장에서 조리용 칼을 잊어버렸다고 해서 전 구치소가 비상이었단다. 그날은 오후 출력이 취소되고, 모든 출력수들이 검방을 위해 거실로 들어갔다. 전 교도관들이 총출동해서 잃어버린 조리용 칼을 찾았는데, 한 서너시간 후에 찾았다고 한다. 큰 대형사건이었다. 누군가 일부러 취장반장한테 앙심을 품고 칼을 부식창고에 숨겨놓았다고 한다.

그것 때문에 취장반장 및 취사장 고참 6명이 조사수용이 되었다고 한다. 이곳 구치소는 항상 긴장이다. 취장반장은 약 2년 동안 취사장에서 반장을 했는데, 그도 역시 부정으로 혜택을 많이 누리고 있었다. 취사장에 있는 동료들로부터 편하게 일할 수 있도록 해 달라는 청탁을 들어주는 대가로 300만 원의 영치금을 받기도 했다고 한다. 참 이곳도 이렇게 마음만 먹으면 돈도 벌 수 있구나 하는 생각이 든다.

"취사장 분위기 어때요?" 작업을 갔다 오다가 취사장 앞을 지나면서 사람들에게 물으니, "완전 쑥대밭입니다. 예전 영선에 난리 있었던 것 두 배라고 보시면 돼요."라는 답이 돌아온다. 그 이후로 매일 보안과장이 꼭 출력 작업장에 순시를 돈다. 보안과장이 오면 할 일도 제대로 못하고 목욕도 제대로 할 수가 없다. 우리에게 또 하나의 번거로운 일이 생긴 것이다.

2014년 7월 5일 토요일

진규는 잡지책에서 또 비키니 여자 사진을 오려 붙이고 있다. "에이, 이제 새로운 사진을 붙여야겠다. 질린다." 아무리 예쁜 사진이라도 삼 개월 동안 같은 사진을 보니 그만 물리나 보다. "왜? 삼천궁녀가 질리나 보지?" 내가 옆에서 농담을 한다. 여러 가지 잡지책에서 여자 사진을 오려서 좀 야한 사진도 있는데, 처음에는 많이 거부반응이 일어나고 혹여나 음란한 생각이 파고들지 않을까 했었다. 지금은 나도 모르게 가끔 시선이 그쪽으로 가는 게… 솔직히 때로는 기분전환이 되기도 한다. 그렇다고 이상한 생각을 하는 것은 아니고 좀 활력이 난다고 할까? 이곳에 1년 6개월 이상 있어보면 이런 건전한(?) 활력도 필요하다.

진규가 검방 때는 사진을 다 떼어내어 숨기고 검방이 끝나면 다시 꺼내서 붙이면서 "아! 내 예쁜이들!"이라고 하니, 나는 "그래도 나는 내 마누라가 제일 예쁘다."라고 진규한테 그렇게 이야기한다. 맞다! 내 눈에는 우리 마누라가 제일 예쁘다.

2014년 7월 14일 월요일

다른 이들은 월요일에 일하러 가는 것을 싫어한다. 그러나 나는 희한하게도 공장에 출력하는 생각을 하면 마음이 짜릿하다. 오늘은 또 무엇을 어떻게 만드나? 쉬는 이틀 동안 머릿속에 도면을 그렸다 지웠다 수차례 반복한다. 그러다 좋은 아이디어가 떠오르면 빨리 가서 만들어야지 하는 생각에 발길을 재촉한다. 목수 일은 항상 나에게 즐거움을 준다.

그러나 월요일이 되어 막상 아침에 일하러 가면 영선 공장은 항상 바쁘고 정신없다. 한마디로 전쟁터이다. 목공은 목공대로, 사동보수는 사동보수대로, 철공, 미장, 페인트, 전기, 보일러 등 모든 일이 월요일에 제일 많고 정신없다. 공장 이곳저곳에서 난리다.

"야! 1번 리어카 좀 빨리 가져온나?"
"영선 구매! 구매!!!"
"행님, 7하 8방 화장실 문 뜯어 와야 됩니더."
"어디서 또 물이 샌다고요?"

"야! 경리! 이것 좀 빨리 해주라."

"미장 팀! 준비 다 됐나?"

"3번 리어카 바람 좀 넣어주세요."

"어이, 영선반장! 빨리 이것 좀 해주라."

공장 안에서는 28명과 주임 그리고 그날 계호들이 작업을 준비하고 지시하느라 정신없이 아침부터 왔다 갔다 한다. 이렇게 정신없는 곳에서 공구를 잃어버리지 않는 것이 용하다.

요즘 의료과에서 자주 목공에 일 주문이 들어온다. "정훈 씨! 나랑 같이 의료과에 한 번 갑시다." 심 주임과 같이 의료과에 가니, 의료과와 진료실 사이 벽에 큰 구멍을 내고 창문 새시를 달아놓았다. 콘크리트를 절단하면서 휑하니 드러나게 된 새시와 콘크리트 사이 부분을 목공으로 마감 지으라고 한다. "정훈 씨! 오늘 하루 만에 마감되지요?" 심일규 주임! 내가 알기엔 나랑 나이가 동갑이다. 그는 항상 번갯불에 콩 구워 먹듯한다.

말이 떨어지자 또 내 머릿속에 있는 컴퓨터의 하드를 동원해서 작업계획서를 돌린다. 콤푸레샤, 스킬, 타카 등 준비할 공구 및 니브합판, 다루끼 등의 자재가 떠오른다. 공장에 빨리 가서 공구와 자재를 준비하고, 오전에 한 번 마쳐보려고 빨리 의료과에 가서 일을 한다. 공구와 자재를 빼놓고 오면 공장에 다시 가기가 힘들다. 마음대로 이동할 수 없는 우리이기에….

목공조장은 책임이 많다. 일도 잘해야 하고, 빨리 해야 하고, 같이 일하는 사람이 다치지 않게 해야 한다. 무엇보다 중요한 것은 공구를 잘 챙기는 일이다. 하나라도 소홀히 할 수 없다. 실컷 일 잘하고도 사람이 다치거나 공구를 분실하거나 혹은 자재를 현장에 두고 오면 욕을 먹는다. 옛날 목공조장이었던 태우 형의 말이 또 떠오른다. "일 잘하는 것보다 공구 잘 챙기는 게 중요하데이."

내가 목공조장을 한 지 벌써 8개월. 하도 구치소 이곳저곳을 후비고 다녀서 교도관들 대부분 나를 안다. 오전에 일을 다 마치려고 했는데 벌써 11시가 넘었다. 공구를 대충 챙기고 영선공장으로 다시 오니 공장에도 일이 잔뜩 밀려 있다. 다른 사람들은 밥을 먹고 쉴 수 있지만 나는 쉬지도 못한다. 뜯어온 사동 화장실 문을 빨리 수리해서 페인트실로 넘겨야 하고, 오전에 다 못했던 의료과 작업 준비도 해야 한다. 한시도 쉬지를 못한다.

하마터면 계호가 없어서 오후에 의료과 작업을 못할 뻔 했다. "주임님, 공구 몇 개를 그곳에 두고 왔어요. 가야 됩니다." 그렇게 어렵사리 일도 마감이 된다. 일하는 것도 힘들고 일하러 가는 것도 이곳은 힘들다. 그 와중에 심 주임 말이 고맙다. "정훈 씨가 이곳 영선에서 에이스 아입니까?" 의료과 계장도 칭찬을 한다. "와! 참 일 잘합니다." 칭찬을 들으니 모든 피로가 풀린다. 힘들지만 보람된다. 감사하다. 모든 게 주님의 은혜다. 모든 영광을 주님께….

2014년 7월 25일 금요일, 매우 더움

날씨가 장난이 아니다. 작년도 이렇게 더웠을까 싶을 정도로 많이 덥다. 겨울에 그 추웠던 거실 마룻바닥이 이제는 조금만 앉아있어도 체온으로 인해 뜨거워진다. 목공실의 선풍기를 6대 풀가동해도 땀이 비 오듯 한다.

오늘 아침에 갑자기 "정훈 씨. 이 벤치 의자 빨리 분리해서 깨끗하게 다듬고 종류별로 포장해요. 지금 빨리 가야하니… 차 가지고 올게요. 지금 빨리 해요."라고 심 주임이 툭 이야기 한다. 정말 조급한 심 주임! 덕분에 또 목공실은 아침부터 정신이 없다.

사동보수 팀이 사동 화장실 문을 떼어 가지고 온다. 오전까지 수리한 뒤 오후에 사동으로 가지고 가서 달아주어야 한다. 또 거실 마루를 보수한다고 반장은 목공실에 들락날락 하고, 한쪽에선 방충망 창문을 만들라고 난리고, 의료과 엑스레이 용지 수납장도 빨리 만들어 내라고 하고… 오전만 되면 정신이 없다.

이것저것 하고 있으니 또 주임이 부른다. "정훈씨. 취사장에 좀 가봐요. 만들 게 있나 봐요." 하던 일을 뒤로 하고 취사장에 가니, 취사원들을 위해서 아담한 휴식공간을 만들어 놓았는데 그곳에 책장하고 신발장을 만들라 한다. 마음이 갈래갈래다. 무엇부터 해야 할지…. 무슨 징역이 이리 정신없나?

날씨가 더운 것도 잊는다. 화장실 문짝을 수리하고, 의료과 엑스레이 용지함을 만들고, 하나둘씩 일들은 마무리되어져 간다. 한숨 돌리며 목공실에서 나와 물 한 사발을 실컷 들이킨다. 많이 덥다. 오후에 일을 끝내고 샤워를 하는데 물이 시원하지도 않다. 겨울에는 그렇게 춥던 이곳, 지금은 그렇게 덥다. 주님의 은혜로 그렇게 시간은 또 간다.

2014년 7월 31일 목요일, 매우매우 더움

가만히 있어도 땀이 주르륵 흘러내린다. 이곳에는 에어컨이 없다. 고작 방에 달랑 선풍기 한 대뿐! 그것도 없었으면 이 더위를 어떻게 견뎠을까? 감사하다.

오늘도 천 년 같은 하루가 시작된다. 이곳 시설보수는 참 일이 끊이지 않는다. 밖에서 이렇게 열심히 일을 했으면 한 달에 천만 원은 벌었을 것이다. 까마귀(기동대) 사무실을 옮겨서 새로운 장비함과 각종 선반을 만들라고 한다. 아침부터 합판 13장을 창고에서 목공실로 옮기고 있으니 "무슨 합판을 이리 마이 옮기노?" 하고 아무것도 모르는 경리 진규가 또 나선다. "아무것도 모르면 잠자코 있으라." 일침을 놓으니 아무 말 없다.

장비함을 만들려고 합판을 재단하고 있으니 또 이곳저곳에서 제작 주문이 들어온다. 목공은 그야말로 슈퍼맨이 되어야 한다. 오늘은 너무 더워 맥이 풀리는데, 어쩌면 일복이 많은 것도 복이라는 생각이 들어 감사로 모든 상황을 이해하려 한다.

지금 바깥 온도는 35도, 보안과장의 지시로 모든 담벼락 미장 공

사를 이 더운 여름에 한다. 미장 팀이 불쌍하기도 하고 대견하다. 뙤
약볕에 머리에 수건을 두르고 미장을 하는 모습을 보고 보안과장이
원망스럽기까지 하다. 모두 건강하게 출소해야 할 텐데…. 그리고 나
도 목표가 생겼다. 남에겐 평범한 일상이 내겐 목표가 되었다. "살아
서 집으로 가야 한다."

2014년 8월 16일 토요일

이제 나도 집으로 갈 때가 다 되어가는 것 같은데 가석방을 얼마나 받을 수 있을지가 관건이다. 지금 병합이 안 되어서 벌금으로 떨어진 150만 원 두 건이 발목을 잡는다. 벌금이 있으면 가석방 혜택을 받을 수 없다. 모두들 내가 얼마나 가석방을 받을 수 있을지 관심이 많다. 벌금을 내면 10월에도 갈 수 있을 텐데…. 요즘 계속 벌금 때문에 신경이 쓰인다. 집사람한테 얼마 전부터 여러 군데 부탁을 하라고 시켰는데 빌릴 데가 없나보다.

이제 9상 17방에 두 사람이 더 들어왔는데 그 더운 한여름을 두 명이서만 보내게 해 주셔서 감사했다. 류재문 씨, 문형국 씨 모두 착한 사람들만 들어온 것 같아 다행이다. "형국아! 우리 방엔 TV 볼륨이 13이다. 그 이상은 안 된다." 이야기하니 "……." 잠깐 동안 말이 없다. 그러더니 "들리기는 합니까? 13은요." 갸우뚱한 눈으로 나를 쳐다보며 말한다. "그래, 잘 들린다." "들리기만 하면 됩니다." 미리 목공소에 데리고 가서 이야기를 했기에 수월하게 넘어갔다. TV 소리가 정말 공부하는데 신경이 많이 쓰이고, 또 영적으로도 싸움이다.

"훈! 장자 동생이 탕자 아이가?" 진규가 내가 갖고 있던 책 《탕자의 고백》을 보면서 말을 한다. "뭐? 장자 동생이 탕자라고? 우…하하하하!" 한참을 웃었다. 그래도 두 명 있는 것보다 네 명이 있는 것이 분위기가 삭막하지 않다. 형국이와 재문 씨가 이 방에 적응하기 위해 애쓴다. 넓은 13동 2방에 있다가 좁은 9동에 적응하려면 그래도 며칠은 걸릴 것이다.

"훈이 행님. 이 소리가 볼륨 13입니꺼? 잘 들리고 크게 들리네에."
"그래. 크게 들리고 충분하다. 더 이상 올리지 마라. 알았재."
"예, 행님. 충분합니더."

2년형을 받고 이제 6개월 정도 지난 형국이는 원래 목공으로 왔는데, 목공이 답답하다고 해서 사동미장을 다니고 있다.

오늘은 일주일 동안 눈이 빠져라 기다리는 아내와 아이들이 면회를 오는 날인데, 사슴이 시냇물을 찾는 갈급함 같이 나도 이 시간을 간절히 기다린다.

2014년 8월 21일 목요일, 선선한 날씨

"이제 여름은 다 갔다." 진규가 여름이 다 갔다고 이야기하기에 내가 "이제 그렇게 덥지는 않겠지만 약간의 더위는 있지 않겠나?"라고 대꾸한다. 좁은 방에 2명이 있다가 4명으로 인원이 늘어나니 확실히 좁기는 하다. 두 평인지 세 평인지 줄자가 없으니 잘 알 수 없지만, 이런 곳에서 미결수들은 5명이나 6명까지 있는다고 하니, 참 이곳은 징역이다. 2014년 여름도 가기는 가는 것 같다.

철웅이가 이곳 영선에 왔다. 작년 10월, 3개월 가석방 혜택을 받고 1년 3개월을 살다가 출소했었는데 다시 이곳에 와서 영선 출력신청을 해서 왔다. 마음 아파서 자세한 자초지종을 묻고 싶지는 않았다.

"훈이 행님. 제가 1년 10월을 받고 미결에서 10개월 살고 지금 1년 남았어예."

"으이구, 이눔시키. 우짜다가 다시 왔노? 지금 내 마음이 너무 짠하고 아프다."

"출소하고 두 달 있다가 2012년 사건이 병합이 안 돼서 다시 붙잡혀 왔심니더."

"애하고 집사람은?"

"다시 처가 청주에 올라갔어예."

"철웅아, 힘내라. 우짜겠노? 아직 창창하다. 힘내라이."

"예… 알았으예. 행님."

사건 내막은 자세하게 모르지만 인터넷 관련 범죄라고 대충은 알고 있다. 인터넷에서 광고를 내고 돈을 받았지만 물건은 보내주지 않은 전형적인 인터넷 사기이다. 키도 크고 인물도 훤칠한 철웅이는 이제 26살이다. 작년에 출소할 때 꼭 수영로 교회에 가서 신앙생활을 하라고 이야기 했었는데… 한 번에 모든 재판이 다 병합되지 않고 이렇게 꼬이는 일이 가끔 있다고 한다. 안타깝다.

2014년 8월 23일 금요일, 화창하고 약간 더움

이제 2014년 8월도 끝자락을 향해 간다. 9월이 오면 추석연휴도 있다. 시간은 그렇게 흘러간다. 어제 작업을 마칠 때쯤 시멘트가 한 차 왔다. 사람이 없어 나도 나르고 있으니, "훈! 분류과 면담이니 준비해요."라고 진규가 퉁명스럽게 이야기 한다. 이 사람은 항상 감정 기복이 심해서 '오늘은 기분이 좀 안 좋은가?' 생각하며 옷을 갈아입고 샤워도 못한 채로 계호와 동행하여 분류과로 간다.

분류과 사무실 의자에 앉으니 기분이 묘하다. 나도 언젠가는 이곳에서 가석방 도장을 찍겠지? 내 차례가 되어 상담실로 들어간다. "아! 정훈 씨! 상담신청을 해서 좀 살펴보았는데… 2004년도에 이미 가석방을 받은 게 있어요. 사건발생 5년이 안 되었기에 가석방이 없습니다. 그리고 벌금도 있네요. 벌금을 내도 가석방이 없어요."

10년 전 치킨집을 하느라 은행에서 사업자금 대출을 했던 게 잘못돼서 서울에서 6개월 실형을 산 적이 있었다. 그때 15일 가석방 혜택을 보았었다. 벌써 10년도 지난 일인데… 가석방은 평생 단 한번만 있다고 한다. 하늘이 노래지는 느낌이 들고, 솔직히 앞이 캄캄했다.

가석방을 바라보고 기대하고 17개월 동안 목공에서 그리 열심히 일을 했었는데… 아무 생각도 안 들고 마음이 답답하다.

처음부터 또박이였다고 마음을 먹었었다면 이런 일이 없었을 텐데, 나의 어리석은 기대가 결국 내 자신을 속이게 되었다. 공장으로 오니 어떻게 되었느냐고 모두들 묻는다.

"내일모레 집에 보내준다고 하더라."

"뭐? 내일모레?"

"그래, 월요일 집에 보내준다더라…"

우스갯소리라도 해야 할 것 같고, 가석방이 없다고 이야기하면 괜히 말들이 많아질 것 같아서 그 외에 아무 말을 않았다. 방으로 와서도 계속 마음이 무거워서 같은 방 사람들에게 티를 내지 않으려고 애를 쓰는데, "행님! 뭐 좋은 이야기 합디까?" 형국이가 묻는다. "……." 그냥 씩 웃고만 만다.

저녁 내내 마음이 우울해가지고 책도 눈에 안 들어오지만 그래도 감사하는 마음을 가지려고 최선을 다해서 마음을 잡아본다. 아내한테는 어떻게 이야기할까? 고민이다. 좋은 소식을 못 전해줘서 마음이 아프다.

2014년 9월 6일 토요일, 화창하고 선선함

벌써 또 한 주가 지났다. 이곳도 추석연휴라 6~10일, 주일을 포함해서 5일간 쉰다. 지금 시간은 아침 8시쯤. 옆방, 아니 정확하게 이야기 하면 옆방의 옆방인 15방이 토요일 아침부터 시끄럽다. 9동들 방중에 제일 시끄러운 방이다. 황정상, 홍명일, 곽정식, 이윤우. 이 네사람이 아침부터 '빠꾸또'를 한다고 정신이 없다.

9동상 15방과 17방은 시설보수, 즉 영선방이다. 세탁, 인쇄, 위탁, 취장, 수용자 이발 등 다른 방은 조용한데 시끄럽게 웃고 떠들며 영선 망신을 다 시킨다. 정말 철부지들이다. 40대 후반 그리고 50대인데…. "와! 뭐라카노? 이건 아이다 아이가." 목소리 큰 황정상 씨가말하자 "뭐, 웃기지 마라. 다시 하자." 욕쟁이 홍명일 장로님이 받아친다. "하하하!" "히히히" 너무 시끄럽게 떠들고 난리다.

이방 끝에 있는 전진규는 잠을 못자나 보다. 맨날 이 시간이 자는시간인데. "훈! 김민구 반장이 출소하면서 작업을 쳐놨어. 황정상이가 반장 하고 원성국이 경리 하게끔 심 주임하고 우리 주임한테 이야기를 다해놨다네." 김민구 반장이 출소하면 자기가 반장을 할 거라고 이야기가 되어 있었는데, 막상 반장이 안 되고 경리도 못하게 한다니… 울화가 치밀어 오르나 보다.

김민구 씨는 영선에 4번째로 들어왔다가 이번에 며칠 있으면 또 출소할 사람이다. 이곳 ○○구치소에 4번이나 들어와서 영선출력해서 건축 일을 다 배웠다고 보일러 주임이 이야기 한다. 그는 반장 짬이 안 되지만 심 주임의 추천으로 반장이 되어 약 4개월을 반장으로 일했다. 진규를 싫어하는 그가 나가기 전, 진규가 아닌 다른 사람 즉 황정상 씨에게 반장을 주어야 된다고 강력하게 심 주임에게 이야기를 했나 보다.

어제 소장이 각 출력소에 순시를 온다 해서 우리 영선에도 설마 들어올까 했는데, 정말 소장이 보안과장과 각종 계장들 그리고 까마귀(기동대) 등을 데리고 영선으로 들어왔다. "충성! 시설보수 근무 중 이상 무!" 나이 많은 임시주임이 큰소리로 인사하니 같이 경례를 받아주고 우리한테로 온다. 그런데 아무도 인사를 않으니 구치소장이 멋쩍었는지 먼저 몇 마디 말을 한다. "여기 반장이 누꼬? 소장이 오면 차렷, 경례를 해야지." 오늘 또 김민구가 다른 작업장에서 일을 한다고 반장이 공석이다. 그제야 경리인 진규가 나와서 모기 같은 목소리로 "차렷, 경례." 하니 모두들 어수룩하게 "안녕하십니까?"라고 인사한다.

"추석 연휴니까 잘 보내시고 건강하세요." 몇 마디 말을 하다가, 소장이 진규를 보고 "자네는 군대도 안 갔다 왔나? 목소리가 그게 뭐꼬?" 웃으면서 이야기를 했다. 그러자 진규가 "네. 군대 안 갔다 왔습니다." 답하는 거다. 진짜 진규는 군대를 안 갔다 왔다. 소장도 할 말을 못하고 "앞으로 영선반장은 군대를 갔다 온 사람 시켜."라고 같이 온 과장들과 계장들에게 웃으면서 이야기를 한다. 모두들 웃는다.

그런 일이 있은 뒤, 반장을 황정상에게 시켜야 한다는 이야기가 더 많아졌다. 다음 주면 반장도, 주임도 바뀔 텐데 진규는 자기가 반장이 될 줄 알고 "황정상이하고 몇몇은 꼭 손 좀 봐줘야겠어. 안 그래? 훈!" 하며 양껏 부풀어 올라서 자기 마음에 안 드는 몇몇은 혼쭐을 내려고 벼르고 있었다. 그런데 오히려 자기가 당하게 생겼다. 불쌍한 진규….

2014년 9월 30일 화요일

전 사동이 도배 작업을 하느라 바쁜 곳은 영선이다. 600여 개가 되는 방의 도배를 다 하려면 6개월은 잡아야 할 것 같다. 도배 작업 때문에 도배 인원을 새로 더 뽑아서 9동도 사람이 5명이나 늘었다. 너무 비좁다.

"솔직히 진규 형님이 자리를 많이 차지하잖아요. 인정할 건 인정해야지." 형국이가 진규한테 한마디 한다. 좁은 방에 5명 있으니 자리가 너무 비좁아 약간의 신경전이 펼쳐진다. "새벽에 화장실 갔다 오면 자리 없어지는 줄 알아라." 농담 삼아 한 이야기지만 의미심장하다. 한사람 당 세 뼘 정도의 자리가 있다.

2급수인 우리에게 이런 홀대가 어디 있나? 원래 2급수 자치사동인 9동의 TO는 최대 네 명이고 여태 이렇게 다섯 명을 쑤셔 넣은 적이 없었다. 그런데 이렇게 다섯 명이 있으니 좁기는 많이 좁다. 말년에 이게 무슨 고생인지. 도배는 왜 또 한다고 해서 이리 고생을 시키는지.

2014년 10월 19일 주일, 쌀쌀한 날

오늘은 주일이어서 찬양도 실컷 하고 싶은데 그러질 못한다. 이곳은 징역이기에. 오전에 혼자서 조용히 예배를 드리는데 류재문, 문형국, 김준수가 시끄럽게 막 떠들었다. 집중이 안돼 귀마개를 끼고 예배를 드린다. 이 사람들 참 시끄럽다. "야! 좀 조용히 하자. 뭐가 그리 시끄럽고 말이 많노. 좀 조용히 살자."라고 이야기해도 그때뿐이다.

저녁 시간, 나를 제외한 4명이 빠꾸또를 한다고 시끄럽다. 빠꾸또를 하면 이리 시끄러운지 이제야 알았다. "도다." "개다." "걸"… "윷" 시끄럽다. TV는 혼자 틀어져 있고 나는 한쪽 끝에서 상을 펴고 공부하고 있다. "훈이 행님!" "와." "사과 드실래예." 형국이가 사과를 깎아서 통째로 먹으라고 준다. "형국아, 깎은 것은 너희가 먹고 안 깎은 것을 내게 주라. 형은 껍질 채로 먹는 것을 좋아한다."라고 말하자 "네, 행님. 이것 맛있겠네예. 마이 드이소."라고 답한다. 이 사람들은 참 고민이 없는 것 같다. 어찌 저리 웃고 떠들며 살까? 나는 집 걱정, 아내 걱정, 애들 걱정에 항상 고민인데… 부럽다. 어찌 저리 잘

노는지?

그러다가 또 언성이 높아진다. "행님. 다시 하기가 어디 있습니꺼?" "웃기지 마라. 내 맘이다." 여전히 웃고 떠들고 장난치고 한참을 그러다가 갑자기 조용해진다. 그러다가 누가 또 말을 꺼낸다. 누가 언제 집에 가고, 자기도 며칠 남고, 누구는 가석방이 언제고, 또 여자 이야기를 하다가 다시 조용해진다. 계속 그런 이야기가 로테이션 된다. 했던 이야기 또 하고, 했던 이야기 또 하고. 자기가 했던 이야기를 또 하는 것을 아는지 모르는지, 그들은 그렇게 시간을 보낸다. 듣기 싫은 이야기를 듣는 것에 머리가 아프다.

2014년 10월 28일 교정의 날, 추움

이제 겨울이 오나보다. 아침저녁으로 날씨가 많이 추워진다. 벌써 10월도 며칠 안 남았는데 또 교정청에서 감사가 온다고 해서 영선은 한바탕 난리다. 지금 시간 저녁 7시. 페인트 칠을 하는 5명은 복도를 칠해야 해서 야근 작업을 한다.

안경(다초점렌즈)을 새로 하니 잘 보여서 좋다. 노안이 좀 와서 가까운 것은 돋보기를 써야 보인다. 어제 홍명일, 이현석 씨가 출소했다. 다들 후임들인데 나보다 먼저 나간다. 마음이 착잡했다. 그래도 나갈 때 포옹을 해주며 잘 살라고 인사를 한다. 그렇게 위로 30명을 보냈고 아래로 30명을 보냈다.

앞서 9월 말에 나간 김민구가 자꾸 영선에 면회를 온다. 돈을 빌리러 온다는 것이다. 이 사람 저 사람에게 돈을 빌려서 투자금은 모으려고 한다는 것인데, 참 한심하기 짝이 없다. "차라리 노가다나 하지. 어디 돈 빌릴 곳이 없어 수용자들한테 돈 빌리노? 김익수보다 심한 놈이다." 한참 앞서 출소한 김익수 씨는 수감되어 있는 동은이한테 재판을 도와준다는 명목으로 900여만 원을 뜯어서 떼먹고 도망

갔다. 때문에 현재 기소중지 상태인데 김민구는 그보다 더하다는 것이다.

벌써 겨울이 오고 있다. 날씨가 많이 추워지고 있다.

한 주간 또 다사다난했던 시간들이 지나고 영선에 또 한 차례 칼바람이 불었다. 황정상 씨가 반장완장을 찬 지 2달여 만에 형장의 이슬같이 14동 조사수용이 되어버렸다. 황정상한테 반장선출에서 밀린 전진규가 앙갚음으로 투서를 넣었다고 한다. 투서 내용인즉슨, 반장이 영선에 있는 9동 17방 김준수에게 2,000만 원을 빌려달라고 부탁을 해서 준수가 거절을 했다. 돈을 빌려주지 않는 준수에게 앙심을 품은 반장이 작업에 불이익을 주었고, 또 준수를 힘들게 하고 있다는 것이다. 투서를 넣었기에 황정상 씨는 그 즉시 조사수용이 됐다.

준수와 황정상 씨는 밖에서도 안면이 있는 관계였고 정상 씨가 준수를 추천해서 영선에 올라오게 되었다. 그런데 돈 문제가 얽히자 둘의 관계는 서운해졌고, 그런 미묘한 관계를 이용하여 진규가 황정상 씨에게 복수를 계획하고 실행에 옮겨 성공하게 된 것이다. 무슨 우리나라 조선왕조실록을 보는 것 같다.

영선 사람들은 진규가 투서를 넣었다는 사실을 이미 알고 있었고,

모두들 진규를 욕하고 미워한다. 파장이 이만저만이 아니다. "훈이 행님! 진규 행님이 투서 넣은 거 맞죠?" 나도 할 말을 잃어 겨우 "다 내 잘못이다." 말한다. 다른 쪽에서는 "저 **팔."이라며 욕을 하고 난리다. 무던히 반장을 잘 하고 있는 사람을 내려 보내서 모두들 혀를 끌끌 찬다. 참 영선은 조용할 날이 없다. 강연팔, 김복만, 황정상… 반장만 되면 모두들 시기와 질투의 대상이 되는지? 슬퍼진다.

그제 원예주임이 비닐하우스 수리를 부탁했다. 원예에 가서 이것 저것 보고 있는데 심 주임과 우연히 마주치게 되었다. "정훈씨! 지금 7상 10방 마루 공사를 가야 하니 준비하이소." 또 번갯불에 콩을 구워 먹어야 한다. 그때 시간이 9시 10분이었다. 준비하려면 30분 정도는 걸릴 텐데, 또 정신없이 공구를 준비하고 자재를 챙겼다. 이런 일이 이제는 별로 낯설지 않다.

그날 너무 무리를 하는 바람에 어제는 감기 몸살이 심하게 걸려서 의무대에 갔다. 의무주임이 내 상태를 보더니 "목수 아저씨! 며칠 쉬어야겠어요. 열이 많아요."라고 말한다. "아닙니다. 그냥 약하고 주사만 한 대 놓아주세요." 의료 병동으로 가면 꼼짝없이 누워있어야 한다. 주사를 맞고 약을 먹고 의자에 앉아 있으니 힘이 없고 자꾸 잠이 와서 엎드려 있었다. 그러자 또다시 "목수 아저씨. 저기 침대에서 두 시간 자고 가세요. 오늘은 일하시면 안돼요." 하고 엄중히 주의를 준다. 그리고 영선에 전화를 거는지, 뭐라 뭐라 말하면서 오늘은 일을 시키지 말라고 한다. 침대에 누워 있으니, 이상하게 이유를 알 수 없는 눈물이 났다. 힘들어서일까? 외로워서일까? 이도저도 아니면 징역살이의 고됨일까?

그렇게 누워 있으니 간호사가 와서 링거를 꼽고 간다. 링거를 맞으니 열도 내리고 기운이 나고 살 것 같다. 그렇게 약 2시간을 영선 목공을 비웠다. 다시 공장으로 가니 이곳저곳에서 또 일이 밀려오고 나를 찾는 사람이 있었나 보다. 그래도 내가 좀 쓸모가 있나 보다. 공장으로 오니 모두들 "훈이 행님! 괜찮습니꺼?" 묻는다. 아옹다옹 해도 미운 정 고운 정이 든 이곳 식구들이다. 꼴랑 2시간인데 반갑고 그리웠다. 이곳에서 나가면 이들이 많이 보고 싶어질 것 같다.

2014년 11월 14일 금요일, 많이 추워지고 있음

오늘부터 날씨가 많이 추워지고 있다. 바람도 세차다. 이제 본격적인 겨울이 온 것 같다. 전진규는 관구실에 투서를 넣어 영선을 쑥대밭으로 만들고 결국 이감을 갔다. 이감 신청을 한지 3달 정도 되니 이감이 돼서 보내졌다. 정말 기도를 많이 했다. 진규를 좀 다른 곳으로 보내달라고. 주님께서 내 기도를 들어주셔서 감사하다. 진규는 거짓과, 이간질과, 간교함과 사악함의 축이었다. 생각만 해도 소름끼친다. 작은 체구에서 어떻게 그런 악한 생각을 많이 갖고 있었을까?

언젠가 전진규가 일 잘하고 있는 나에게 목공조장을 자기하고 친한 박민수에게 물려주고 내려오라고 말한 적이 있다. 그에 버럭 화를 냈더니만 나한테도 투서를 넣는다고 으름장을 놓았다. 그냥 한 대 쥐어박고 싶었지만, 여태까지 주님을 봐서 참은 게 아까워서라도 꾹 눌러 참았다. 어쨌든 내가 그때 진규하고 싸우지 않기를 너무 잘했다.

이렇게 선으로 갚아주신 하나님. 우리 방은 이제 3명이서 생활한다. 준수, 형국이, 그리고 나. 시끄러운 빠꾸또를 너무 좋아하는 류재문 씨는 추가기소가 떠서 다시 13동 2방으로 옮겼다. 너무 조용하고 좋다.

2014년 11월 29일 토요일 아침, 좀 쌀쌀함

새로운 신입이 들어왔다. 이름은 김대운, 나이는 38세, 키도 크고 인물도 좋다. 마음이 아픈 것은 아버지도 이곳 구치소에 같이 수감이 되었다고 한다. 아버지의 공소금액이 500억! 1심에서 12년형을 받았다고 하는데 본인은 3년형을 선고받았다. 아버지가 있는 이곳에 같이 있으려고 출력을 신청하였다고 한다. 여동생이 하나 있는데 밖에서 아버지와 오빠 옥 수발을 든다고 한다. 이 얼마나 모진 인생의 아픔인가. 여동생이 아빠와 오빠를 같이 이곳에 보내고 지내는 삶이 얼마나 고통스러울까?

아버지가 밖에서 사업을 크게 하였고 아들의 명의를 빌려 사업을 했기에 대표는 대운이로 되어있어 대운이도 같이 처벌을 받는다고 한다. 대운이와 운동장에 10분가량 대화를 했다. "여동생이 한 달에 한 번이나 두 번 면회 오는 것 때문에 먼 교도소를 안 가려고 이곳 영선에 출력했습니다. 제가 힘든 것은 괜찮은데 이곳이 아닌 너무 먼 곳으로 이송을 가면 동생이 면회 오기가 힘들 수 있기에 이송을 안 가려고요…." 가슴이 아프다. 대신 울어 줄 수 있다면 좋겠는데….

"대운아 힘내고 주님을 간절히 의지해. 하나님은 양치기를 왕으로, 죄수를 국무총리로 만드시는 분이니 주님을 간절히 의지하면 좋은 길을 열어주시리라 믿어. 힘내." 내가 할 수 있는 것은 주님을 소개하는 것 밖에 없다. 아직 신앙심은 없는 것 같지만 교회를 다녔다고 한다. 무슨 큰 잘못이 있기에 부자지간을 이렇게 가둘까? 마음이 너무 무겁다.

또 영선에 화마의 불꽃이 서서히 자라고 있다. 류재문 씨를 싫어하는 사람들이 많다. 너무 나대고 까불거린다. 반장도 아니면서 반장이 할 일을 자기가 다 한다. 작업배치는 반장이 할 일인데 너무 오버한다. 남우는 아예 딱 질색한다. 싫으면 바로 내색해 버리는 남우.

류재문 씨가 자기를 싫어하는 남우를 보내려고 한다는 것을 남우가 알아차렸다. 나보다 고참인 남우는 이곳 영선에 2년가량 있었고, 이제 벌금형을 살고 있다. "훈이 행님! 월요일에 뵐 수 있을지 몰라요. 나 짐 다 싸놨어요. 읽고 있는 책 빨리 돌려줘요."라고 한다. 지금 경리를 맡고 있는 류재문 씨! 계속 얼마 전에 새로 온 주임과 이야기를 하는데, 자꾸 남우를 벌금수용동으로 보내려고 말을 하는 것 같다. 남우가 무사해야 될 텐데….

2014년 12월 1일 월요일, 조금 추움

불침번 근무를 하면서 날씨가 많이 추워졌다는 것을 느낀다. 벌써 12월. 이제 2014년도 한 달밖에 남지 않았다. 항상 그렇지만 바깥경치를 보니 기분이 묘하다. 9동 상층에서는 밖의 경치를 약간 볼 수 있다. 동서고가도로도 보이고 그 위에 차가 다니는 것도 보인다.

이렇게 추운 날은 무단포 물이 최고다. 7시에 나오니 물이 하나도 없다. 취사원들이 7시 전까지 근무를 서는데, 자기들 물만 다 빼가고 물을 안 채워 놓았다. 요즘 자주 그렇다. 같이 힘들게 구치소에서 살면서… 예전 취사원들이 참 좋았는데 요즘 새로 온 취사원들은 자기들만 생각하는 것 같아서 마음이 섭섭하다. 사람들이 바뀌니 생각도 바뀌는 것 같아서 좀 마음이 착잡해진다.

아내는 평일 오전에는 세탁소, 주말 밤에는 편의점에서 일한다고 한다. 마음이 아프다. 이제 한 달 보름만 있으면 너무도 그리운 집으로 간다. 아내와 아이들 곁으로 간다. 2년! 참 길었던 세월이다. 제일 힘든 것은 가족이 염려된다는 것…

오늘은 정말 날씨가 싸늘하다.

2014년 12월 3일 수요일

또 영선에는 한바탕 칼바람이 불었다. 오전에 남우하고 같이 7하 27방 마루 공사를 하고 오니 주임이 "김남우! 너 투서 넣었지? 이놈 새끼 뭐하자는 거고?"라고 버럭 소리를 지른다. 남우가 투서를 넣어서 류재문 씨와 조명진까지 둘 모두 조사수용이 되는 바람에 분위기가 험악하다. 류재문 씨가 남우를 보내려고 그렇게 작업을 치더니만, 남우가 먼저 선수를 쳤다.

이렇게 투서를 넣어 사람을 보내는 것이 이 영선에는 몇 번째인지… 다른 출력장에서도 요즘 항상 영선의 투서 사건에 관심이 많다. "정훈 사장님. 오늘은 또 누가 날아갑니까?" 9동에 있는 세탁 반장이 아는 척 한다. 오늘은 사실 나도 멘붕 상태가 된다. 자꾸 이렇게 투서를 넣고 하면 영선이 해체되는 것 아닌가 하는 생각도 든다. 정말 다음에는 이런 일이 있어서는 안 될 텐데…

2014년 12월 4일 목요일, 춥다··· 전형적인 겨울

우리 17방은 항상 아침 5시 50분에 기상해서 이불을 갠다. 어제 밤 임출이 "내일 참관인 오니까 이불을 하나씩 깔끔하게 개어 잘 올려야 해요. 어제 영선이 그렇게 되고 또 봉재에서 칼이 나왔다고 하네요. 그것 때문에 보안과장이 화가 잔뜩 났어요. 내일 아침 잘 부탁 드릴게요."라고 단단히 부탁을 했다. 그래서 10분 일찍 일어나서 이불을 하나씩 빼서 잘 쌓아올린다.

참관인은 한 달에 한두 번 정도 구치소 내부를 보러 오는 외부인이다. 주로 대학생이 많은 것 같다. "참관인이 오든 말든 그대로 보여줘야지. 하여튼 보여주기식 행정! 공무원들 정말 이건 아이다 아입니꺼? 안 그렇습니꺼? 행님." 형국이가 꼭 내가 공무원인 것처럼 나 보고 화를 냈다. 나도 공무원들이 싫다.

오전에 작업장으로 가니 주임이 "오늘 마루 공사 오전에 끝나나?"라고 묻는다. "주임님. 참관인 온다니 공사를 못할 것 같은데에." 하고 말하자 "참관인 하고 공사하고 무슨 상관이고? 빨리 공사 준비해요."라고 대꾸한다. 우리 주임이 영선에 온지 이제 두 달··· 몰라도 너무 모른다. 공사를 하다가 철수할 것이 분명하지만 그래도 뭐 주임이 시키니까 해야 한다. 공구를 챙기고 계호랑 9동상 11방으로 자재를 옮기고 작업을 시작했다. 이상하리만큼 작업의 능률이 오른다. 준수, 용하 씨, 영기와 같이 호흡이 척척 맞다. 뭔가 이상하다.

아니나 다를까, 콤프레샤가 돌아가고 타카 소리를 내며 마루를 절반쯤 깔고 있을 때 관구계장이 올라와 난리를 친다. "아니! 이 사람들아. 정신이 있나 없나. 오늘 분명히 참관인 온다고 이야기 했잖아. 그런데 무슨 공사를 하노? 빨리 철수 해라이." 이런 일이 발생하리라고 100% 예상을 했지만 조금만 더 하면 완료인데 아쉽다.

다시 약간의 공구를 챙겨 공장으로 돌아오니 주임이 왜 일 안하고 왔느냐고 묻는다. "주임님. 참관인이 온다고 철수 하라고 해서 철수 했습니다."라고 대답하자 아무 말이 없다. 그렇게 11시가 넘어서 배식조들은 배식을 준비할 시간이 되었다.

"정훈 씨. 지금 가면 몇 분 안에 끝낼 수 있어요?"
"네, 한 30분만 작업하면 돼요. 그리고 오후에도 또 참관인이 온다고 하니 오후에도 작업을 못할 거고, 밥을 늦게 먹더라도 끝내고 와야 할 것 같습니다."
"아, 예. 그럼 그렇게 해요. 밥은 남겨놓으라고 할 테니."

다시 리어카를 끌고 3-4관구 통로로 지나려는데 참관인들이 우르르 저쪽에서 막 들어온다. 우리는 또 이쪽으로 피하여 숨는다. 이건 무슨 첩보 작전도 아니고, 리어카를 들고 이리로 갔다 저리로 갔다 쌩 난리를 핀다. 이게 무슨 참관인가? 무슨 일이 맨날 이렇게 어렵나?

약 1시간 뒤, 12시까지 작업을 하니 공사를 완료할 수 있었다. 같이 간 계호주임은 우리 때문에 식사시간이 늦었다고 인상을 쓴다. 우리가 더 배고픈데 말이다. 그렇게 작업을 하고 공장으로 오니 12시 10분이다. 급하게 공구를 정리하고 컵라면과 함께 밥을 후루룩 들이마셨다. 이놈의 징역, 고되다.

참관인! 그들이 오면 방을 깨끗하게 정리해야 한다. 옷걸이, 물통, 빨래 등을 안보이게 다 치워야 하고, 우리는 오늘같이 짐짝 취급을 받는다. 참관인들은 본인들이 구치소에 오면 우리가 이렇게 고생하는지 모를게다.

시간이 벌써 저녁 9시가 되었다. 준수는 신문을 보고 형국이와 용석 씨는 잔다. 형국이는 오늘 작업을 하던 중 눈에 뭐가 들어가서 눈 한쪽이 시뻘겋다. 그 시뻘건 눈을 감고 누워서 자는 형국이를 보니 마음이 너무 아프다. 징역생활이 참 서글프다.

2014년 12월 10일 수요일, 조금 풀림

벌써 수요일 저녁이다. 이상하게 오늘은 왠지 서글픈 생각이 자꾸 든다. 이러면 안 되는데…. 다른 사람들은 가석방 혜택을 잘 받고 가는데 나는 가석방이 단 하루도 없다. 여태까지 그런 생각을 잘 안했는데, 오늘은 자꾸 '내가 복이 없는 사람이 아닌가' 하는 생각이 든다. 돈도, 빽도 없다. 이런 나를 사랑해주는 아내가 고맙다.

남우는 이제 벌금수라 노역방으로 갔다. 이제 영선에서는 내가 제일 오래된 사람이다. 남우가 없으니 쓸쓸하다. 조사수용 된 명진이하고 류재문 씨도 다시 이곳에 오기가 힘들 것 같다.

"홍식이 행님이 오늘 기각 받고 왔는데 좀 걱정입니다." 사동보수 일을 다니는 준수가 잘 알던 사람인데 항소심 때 기각을 받고 왔나 보다. 집으로 갈 수 있다고 기대가 많았다는데 1심에서 7년을 선고 받았단다. A파 두목이다. 준수가 거의 매일 가서 필요한 것을 챙겨주고 했었다. 나도 얼마 전 복무주임의 요청으로 그 방 거실 마루를 새로 깔아주었다. 그랬더니 그 사람이 좋아했다고 한다. 그러기에 오늘밤은 정말 걱정된다고 한다. 혹시 목이라도 걸지 않을까 하는 염려가 드는 것이다. 내가 이곳에 있는 동안 몇 사람이 그렇게 하늘 나라로 갔기에… 괜스레 나도 걱정이 된다. 무사하겠지.

2014년 12월 27일, 추움

여전히 날씨가 많이 춥다. 이제 마지막 불침번 근무가 되지 않을까? 출소까지 약 25일 정도 남았다. 유종의 미를 거두고 싶다. 이곳에서 그런 것을 말할 수 있을까 싶지만, 그래도 나갈 때까지 모든 이들에게 좋은 인상을 남기고 싶다. 이제 나가면 실전이다. 여전히 증인들 방의 철없는 아이들은 시끄럽다. 놀러온 것도 아닌데 뭐가 그리 즐거운지 모르겠다.

오늘, 아내가 애들을 데리고 면회를 왔다. 생일을 축하한다고 인사도 못했던 7분이었다.

이 와중에 자꾸 목공 작업 설계가 떠오른다. 취사장에서 부탁한 목욕탕의 장을 짜야 하는데, 그에 필요한 아이디어를 자꾸 떠올린다. 복도의 형광등을 싹 교체했는지 복도가 많이 밝아졌다. 창밖으로 바깥 조명들이 보인다. 밖으로 나가면 잘 적응할 수 있을까? 잘 적응하고 살아야 할 텐데…. 생각처럼 쉽지는 않을 것이리라. 그래도 이곳에서 단련 받은 것이 헛되지 않도록 최선을 다해야겠지. 신학대에 꼭 진학하고 싶다.

2015년 1월 13일 화요일

벌금 300만 원이 해결될 줄 알고 1월 25일 출소 날짜만 손꼽아 기다렸는데, 어떻게 될지 예상할 수가 없다. 박정수 씨에게 조심스럽게 이야기를 했었는데, 열흘 정도 지난 오늘까지 아무 답이 없다. 내게 책을 협찬해준 파고다어학원 박경실 회장한테도 편지를 수차례 보냈는데 그도 답신이 없다. 마지막으로 자존심을 완전히 접고 준수한테 부탁을 했었는데 "노력해 볼게요."라고 말만 할뿐, 부담이 되는 눈치다. 사람들한테 돈 이야기를 한 것이 잘한 것인지 잘못한 것인지 가늠이 되지 않는다.

어제 준수가 가석방 도장을 찍었다. 미리 심 주임한테 도장을 찍을 수 있을지 물어봤는데 그때는 찍지 못한다는 대답을 들었다. 그래서 한 2주 정도 준수가 멘붕 상태에 있었던 것 같다. 준수를 위해 기도를 많이 했다. 안될 수도 있었는데, 주님의 역사가 분명하다고 확신한다.

기분 좋은 준수가 내가 빌려달라고 한 돈에 대해 "행님, 수요일에 집사람이 면회 오는데 그때 확실히 가르쳐 드릴게요."라고 이야기 한다. 나는 입술이 바짝바짝 마른다. 벌금을 못 내면 2달을 꼬박 살아야 한다. 주님의 영광을 가리는 것 같아서 마음이 눌린다.

2015년 1월 20일, 대한大寒 조금 쌀쌀한 날씨

오늘은 대한이라고 한다. 마음속이 여러 가지로 복잡하다. 토요일, 아내가 의사인 준수가 면회를 갔다 온 날 나는 한두 시간 있다가 누워서 잠깐 쉬고 있었다. 면회에서 돌아온 준수가 종이쪽지를 획 하니 던져 준다. '행님, 최선을 다했는데 못 도와드리겠습니다. 죄송합니다…'라고 적혀 있었다. 돈이 많은 사람이 더 인색하다는 것은 알았지만 서운한 마음과 함께 앞이 캄캄했다. 그런데 어제 목공 후임인 민철이가 이렇게 말을 했다.

"행님, 제가 한번 돈 알아볼까예."
"됐다. 니한테까지 돈 이야기 하고 싶지는 않네. 근데 되겠나?"
"네, 행님 제가 한번 힘써 볼게예. 계좌번호 주우소."
"그래, 안 그래도 혹시나 해서 토요일, 집사람 면회 올 때 계좌번호 적어놓았지…. 자, 여기 있다."
"행님, 걱정하지 말고 마음 푹 놓고 쉬세요. 내가 알아서 할 테니."

무슨 말인지 도대체 영문을 몰라 어리둥절하고 있는 나를 보더니 "행님, 나가서 열심히 살면 됩니더. 그리고 두세 달 뒤에 갚으시면 되고요. 저한테 면회 한번 오이소."라고 한다. '무슨 허풍을 이렇게 자신있게 하노' 하고 생각을 했다. 그래도 내심 기대하는 마음으로 오늘 집사람에게 전화를 했다. 통화음이 울리더니 이내 아내가 전화를 받았다.

"여보세요?"
"어, 지희야?"
"어, 오빠? 오빠… 벌금 냈어."

내 귀를 의심할 수밖에 없었다.

"뭐라고? 어떻게?"
"오빠 아는 사람이라고 하면서 통장에 300만 원 넣어줘서 어제 150만 원 냈고, 오늘 또 다른 벌금 150만 원 냈어."

꿈인지 생시인지! 하나님은 항상 이렇게 깜짝쇼를 하신다.

"지희야. 진짜로 냈어?"
"어, 그래. 진짜로 냈어."
"어, 그래. 알았어."

눈물이 자꾸 흘러내린다. 전화 담당하는 주임도 "정훈 씨. 축하해요. 잘살아야 합니다." 한다. 꿈만 같던, 정말 꿈만 같던 하루였고 기적 같은 하루였다. 만약 벌금을 못 내면 진주로 이감을 간다고 한다. 두 달이 뭐 별거겠냐만 하루가 천년 같은 곳이 이곳이다. 이것 때문에 몇 달 동안 얼마나 고민을 많이 했는가?

"정훈 씨, 좋은 소식입니다. 이곳에 도장(지장) 찍으세요." 담당주임이 내게 노역지시취소장을 2장 주면서 지장을 찍으란다. 보니 벌금 완납 증명서다. 얼마나 기쁜지… 하나님의 기적이다. 정말 하나님께서 하셨다.

"행님, 형수님하고 통화했으예?" 민철이가 묻는다. "어, 그래. 민철아, 너무 고맙다. 벌금 냈다고 한다. 정말 너무 고맙다."라고 감사를 표하자 "행님, 꼭 면회 한번 오이소. 알았지예?"라고 답한다.

민철이는 얼마 전 1심에서 2년을 받고 항소 중이다. 본인도 갇혀 있으면서 남을 생각하여 돈을 빌려준다는 게 얼마나 고맙고 대견한지… "주님, 민철이를 축복하여 주소서."

2015년 1월 23일, 마지막 불침번 근무를 서면서

이제 이곳에서의 마지막 불침번 근무다. "와! 만기자 나왔네." 취사반장이 농담 섞인 말투로 9상 2방에서 말을 한다. 그래. 마지막 밤이다. 그리고 마지막 불침번 근무를 선다. 꼬박 2년이다. 2번의 겨울을 보내고 3번째 맞이한 겨울의 따뜻한 밤. 내일(24일) 밤 12시에 드디어 그렇게 나가고 싶던 이곳, ○○구치소 밖으로 나간다. 그리고 ○○이 어떻게 생겨먹은 동네인지 볼 수 있다.

그동안 너무 많이 아팠고, 울었고, 때로는 웃었고, 괴로워했고, 회개도 잔뜩 했다. 우리 애들도 2년 동안 많이도 컸을 것이다. 잃어버린 세월일까? 아니면 내 자신을 채우는 시간이었을까? 이제 하룻밤만 지나면 그렇게 보고 싶던 가족의 품으로 2년 만에 돌아간다. 나에게는 시간이 멈추어버린 2년. 내 시간은 멈추어 움직이질 않았는데 밖은 꽤 빨리도 지나갔으리라.

오늘은 마지막으로 영선 목공 일을 하는 날이기도 하다. 보안과 정수기 받침대를 정성껏 만들었다. 목욕을 하고 주임들과 부장들, 그리고 수용자들에게 인사를 하고 방으로 들어왔다. 많이 아팠던 시간들이었지만 새로운 정훈이가 탄생하는 시간들이었다. 이제 그 2년간의 시간들을 결코 잊지 말고 앞으로 어떠한 어려움이 오더라도 주님을 실망시키는 일은 없도록 해야겠다.

이제 하나님께서 이끌어 가시는 담 밖에서의 새로운 열둘교회 이야기를 기대하면서 제1권의 열둘교회 이야기를 맺는다.

에필로그

지금은 벌써 그 어려운 곳에서 나온 지 다섯 달이 지났습니다. 지금 돌이켜보니 정말 꿈만 같던 시간이었고, 내 생에 가장 힘든 시간들이었던 것 같습니다. 다시 인테리어와 건축 사업을 일으켜 세우고 있는데, 그 고난의 시간들이 나에겐 너무나 큰 원동력과 감사의 조건이 되고 있습니다.

이 책을 통해 말하고 싶은 것은 누구나 고난이 있을 때 너무 낙심하지 말라는 것입니다. 죽으라는 법은 없습니다. "죽으려고 하는 자는 살 것이고 살려고 하는 자는 죽을 것이다."라는 명량대첩의 이순신 장군 말처럼 겁을 먹거나 두려워하지 말고, 나처럼 감옥에도 갈 수 있지만 좌절하지 말고 견뎌내면 이긴다는 것입니다. 그리고 항상 기뻐하고, 쉬지 말고 기도하고, 범사에 감사하여 환경을 이겨내는 사람들이 되기를 바랍니다.

그러므로 너희는 가서 모든 족속으로 제자를 삼아

아버지와 아들과 성령의 이름으로 세례를 주고

내가 너희에게 분부한 모든 것을 가르쳐 지키게 하라.

볼 지어다.

내가 세상 끝날 때까지

너희와 항상 함께 있으리라 하시니라

(마태복음28:19~20)